멱운 퓨전 판타지 장편소설

FUSION FANTASTIC STORY

천공 삼국지

전공 삼국지 1

멱운 장편 소설

초판 1쇄 찍은 날 § 2015년 8월 3일
초판 1쇄 펴낸 날 § 2015년 8월 11일

지은이 § 멱운
펴낸이 § 서경석

편집책임 § 한준만

펴낸곳 § 도서출판 청어람
등록번호 § 제387-1999-000006호
등록일자 § 1999. 5. 31
어람번호 § 제1-2193호

주소 § 경기도 부천시 원미구 부일로 483번길 40 서경B/D 3F (우) 420-822
전화 § 032-656-4452 팩스 § 032-656-4453
http://www.chungeoram.com
E-mail § chungeorambook@daum.net

ISBN 979-11-04-90354-0 04810
ISBN 979-11-04-90353-3 (세트)

1
전풍
삼국지
먹운 장편 소설
FUSION FANTASTIC STORY
도서출판
청어람

천공
삼국지

目
次

서문

전도형. 올해 나이 서른하나.

한국대학교 대학원에서 중국 고대문학으로 박사 과정을 수료한 그는 연신 콧노래를 흥얼거렸다.

오늘은 지도교수인 강중기 교수님 소개로 민국대학교 사람을 만나기로 약속했다. 교수님이 시간강사 자리를 알아봐 준 덕이다.

요즘 논문도 진척이 없어서 머리가 아팠는데, 지방에 내려가 바람도 좀 쐬고 향후 진로 고민도 하고 겸사겸사 안성맞춤인 자리였다.

위진남북조 시대의 문학비평……. 유협의 〈문심조룡〉이나 육기의 〈문부〉, 건안칠자, 죽림칠현 등등 하나만으로도 벅찬데 괜한 객기를 부렸다. 게다가 이 주제로는 권위 있는 논문들이 많아서 변별력을 가지려면 노력은 물론 생각의 전환이 필요했다.

하지만 어쩌랴. 3년간 준비해 온 주제라 이제 와서 바꿀 수도 없었다.

그는 도서관에서 친구와 헤어진 후, 곧장 교문을 나와 택시를 잡아탔다.

약속 장소는 종로의 한 중식당. 오늘은 아무래도 도수 높은 백주를 마실 것 같아 미리 약국에 들러 숙취해소 음료를 한 병 들이켰다.

중식당에 들어서자 강 교수님은 민국대 사람과 이미 판을 벌이고 있었다.

"어, 어서 오게나."

"죄송합니다. 제가 좀 늦었습니다."

"늦긴. 내가 술이 너무 고파서 이 친구와 한 시간 전에 약속을 잡은 걸세. 하하."

강 교수님은 호탕하게 웃으며 이내 민국대 사람을 소개했다.

"인사하지. 이쪽은 민국대 중문과 정희문 교수, 이 친구는 내 애제자 전도형일세."

"만나 뵙게 돼서 영광입니다. 전도형이라고 합니다."

"반갑네. 난 정희문이네. 강 교수님 통해서 얘기 많이 들었네. 어찌나 칭찬을 하시는지 내 귀가 민망할 정도였으니까. 그 실력이면 우리 애들도 안심하고 맡길 수 있겠어."

"과찬이십니다."

"하하, 거기 서서 뭐하나? 자자, 빨리 자리에 앉아서 한 잔 받게. 오늘은 코가 삐뚤어지게 마시는 거야!"

이렇게 시작된 술자리는 무려 새벽 4시까지 이어졌다.

발동이 걸리면 도대체가 스톱을 모르는 강 교수다. 이를 알고 있는 전도형은 평소에 눈치껏 자제를 했는데 오늘만큼은 자리가 자리인지라 폭주를 거듭했다.

전도형은 결국 마지막 5차 술자리에서 필름이 끊겨 어떻게 집에 들어왔는지도 모른 채 잠에 곯아떨어졌다.

늦은 아침에 잠에서 깬 그는 지끈거리는 머리를 감쌌다.

대체 술을 얼마나 마신 거지?

집엔 또 어떻게 들어온 거고?

교수님들은 댁에 잘 들어가셨나?

이런 생각을 하는 와중에 전도형은 목이 타들어가는 갈증을 느꼈다.

"물… 물 좀……."

눈을 뜬 그는 머리맡에 놓인 사기대접에 본능적으로 손을 뻗었다. 그러고는 물 한 사발을 단숨에 들이켰다. 이제 좀 속이 풀리는 느낌이 들었다.

속이 풀리자 그는 오늘 스케줄을 떠올렸다. 오후에 찬수를 만나러 도서관에 잠깐 들렀다가, 5시에 세미나에 가야 되고…….

그런데 그 순간, 생전 들어본 적 없는 가성(佳聲)이 그의 귀에 울렸다.

"공자님, 해가 이미 중천에 떴습니다."

깜짝 놀라 눈을 돌려 보니 선녀옷처럼 치렁치렁한 옷을 입은 아름다운 여인이 두 손을 공손히 모으고 그 앞에서 머리를 조아렸다. 헉? 얼굴이 다 보이진 않았지만 한눈에 봐도 침어낙안(沈魚落雁)이 따로 없다.

이게 무슨 조화란 말인가?

'내가 집에 들어온 게 아니었어? 설마 콘셉트 룸? 강 교수님은 워낙 완고하셔서 룸살롱을 가실 분이 아닌데…….'

술이 확 깨는 기분이었다. 대체 어제 무슨 일이 있었던 거야?

정신을 차리고 사방을 둘러보니 꽤 넓은 방 안에는 사극에나 나올 법한 고풍스런 가구들로 가득했다.

윽, 지금 꿈을 꾸고 있는 건가?

"공자님, 얼른 기침하시지 않으면 소녀가 야단을 맞습니다."

또 공자란다. '아주 콘셉트에 폭 빠졌구나' 라고 생각하다가 불현듯 뭔가 어색함을 느꼈다.

한국어가 아니잖아? 그 순간 꿈에서 깨기라도 한 듯 갑자기 낯선 기억이 떠오르기 시작했다. 분명 자신의 기억이 아니건만, 마치 자신이 겪은 일처럼 다른 이의 일생이 주마등처럼 스쳐 갔다.

*　　　　*　　　　*

혼란스러웠다.

내가 정녕 삼국시대로 날아왔단 말인가? 믿기지 않았다.

때는 서기 193년인 한나라 말기 초평(初平) 4년.

내 이름은 도응(陶應)… 이다. 서주목(徐州牧) 도겸(陶謙)의 둘째 아들.

전공과 관련된 시대인 데다 〈삼국지〉를 워낙 좋아한 나로서는 가끔씩 〈삼국지〉의 주인공이 되는 꿈을 꾸곤 했다. 한데 그 많은 영웅들을 다 놔두고 하필 도응이라니?

〈삼국지〉 마니아가 아니면 그가 누군지 알지도 못한다. 그만큼 미미한 존재나 다름없었다. 태어나도 하필 왜…….

설상가상으로 지금은 조조가 부친의 원수를 갚으러 대군을 이끌고 와 서주 전역이 초토화되고 서주성의 운명도 바람 앞의 등불처럼 경각에 달려 있었다.

뒷짐을 지고 방 안을 뱅뱅 돌며 이리저리 머리를 굴려 봤지만 도무지 답안이 떠오르지 않았다.

아, 도응이란 이 멍청한 놈은 그동안 무엇을 했단 말인가? 기억을 더듬어 보니 한심스럽기 짝이 없다.

이것은 거스를 수 없는 운명이란 말인가. 더 이상 방법이 없자 그는 마음을 고쳐먹었다.

'신세 한탄이나 하고 있을 시간이 없다. 어떻게든 이 위기에서 벗어날 방법을 강구해야 돼. 이제 곧 유비도 들이닥칠 테고.'

그래, 어차피 다시 사는 삶이라면 제대로 한 번 살아 보는 거야!

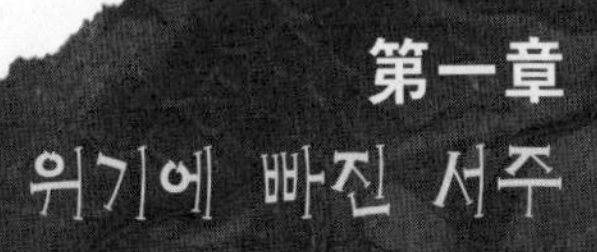

第一章

위기에 빠진 서주

"유 공이 온다! 유 공이 온다! 이제 우린 살았어! 살았다고!"

사막에서 물을 만난 듯 기쁨에 겨운 함성 소리가 서주성(徐州城)에 울려 퍼졌다.

피곤에 지친 사병들은 일제히 부러진 무기를 들고 자리에서 펄쩍펄쩍 뛰었다. 대한(大漢)의 깃발을 펄럭이는 백성들은 군사들보다 더욱 흥분된 모습이었다. 이들은 서로 부둥켜안고 눈물을 흘렸다.

이들이 기뻐 지르는 소리는 성안의 흙마저 들썩이게 할 정도로 우렁찼다. 백성과 군사들은 다시 한 번 목청껏 유 공을 외쳤다.

"뭐라고? 유 공이 정말 온단 말이냐?"

서주목 도겸은 아픈 몸을 이끌고 비틀거리며 곧장 성루에 올랐다.

반년여 동안 적의 침공에 시달리느라 62세의 노인네는 이미 백발이 성성하고 얼굴이 폭삭 늙었다.

시종의 부축이 없으면 거동조차 하지 못했고, 언제 쓰러진다고 해도 전혀 이상할 것이 없었다. 하지만 지금 도겸은 갑자기 이팔청춘으로 돌아간 듯 누구의 부축도 없이 혼자서 성루 계단을 뛰어올랐다.

성가퀴까지 달려온 그는 침침한 눈을 부릅뜨고 동쪽을 바라보다가 긴장되고도 흥분된 어조로 다시 물었다.

"유 공의 군대가 온다고? 유 공은 어디 있느냐?"

"보십시오, 주공. 저 멀리 깃발 아래 백마를 탄 장수가 바로 유 공입니다. 붉은색 바탕에 흰 글씨로 '평원(平原) 유현덕(劉玄德)' 이라고 쓴 큰 기가 보입니다."

현덕(玄德)은 바로 유비(劉備)의 자이다. 서른 갓 넘은 남자가 도겸에게 대답했다. 키가 훤칠하고 용모가 준수한 이자는 서주의 별가종사(別駕從事) 미축(糜竺)으로 자는 자중(子仲)이었다.

지금 조조(曹操)는 아버지의 원수를 갚으려 친히 대군을 거느리고 군사를 삼로(三路)로 나눠 서주성을 집어삼키려고 했다.

조조는 연달아 서주의 다섯 개 현(縣)을 도륙하고 네 개 군(郡)을 초토화한 후, 파죽지세로 서주 관할인 팽성(彭城) 경내까지 침입했다.

서주성의 위아래가 모두 속수무책인 이때, 미축이 자진해서 북해(北海)의 공융(孔融)과 청주(青州)의 전해(田楷)에게 구원병을 요청하겠다고 나섰다. 마침내 그는 공융과 전해의 원군을 얻었을 뿐 아니라 뜻밖에 수확도 거뒀다.

과거 황건군(黃巾軍)을 격파하고 여포(呂布)와 결전을 벌였던 유비까지 끌어들였던 것이다.

결론적으로 말해서 미축은 이번에 서주를 위해 대공을 세웠다.

미축이 이끌고 온 원병이 조조의 군대를 무찌른다면 그의 지위가 올라가고 권세가 막강해져 서주성에서 막강한 영향력을 행사할 수 있었다. 그렇다면 서주성 토박이로 토대가 견고한 진규(陳珪), 진등(陳登) 부자를 몰아내는 것은 시간문제였다.

"오, 보이는구나. 졸로(拙老)의 눈에도 유 공의 기가 보여!"

도겸은 흥분된 목소리로 소리를 질렀다. 침침한 눈을 비비고 보다가 마침내 붉은 바탕에 흰 글씨가 쓰인 대기(大旗)를 발견한 것이다.

깃발 주위로 떼 지어 모여 있는 군사는 대략 2~3천 명 정도였다. 보병은 물론 마병도 있었고, 질서정연하게 대열한 군대가 서주성 북문을 향해 조조군을 시살하며 다가오고 있었다.

조조군이 죽을힘을 다해 막아섰지만 갑자기 들이닥친 적군에 미처 손쓸 틈이 없었다. 유비군의 돌격에 대오가 크게 어지러워지고 군사들이 뿔뿔이 흩어져 달아났다.

"잘한다! 조적(曹賊) 놈들을 모조리 죽여라!"

조조군의 목이 연달아 땅에 떨어지는 것을 본 서주성 군민들은 수개월 동안 억눌렸던 감정이 폭발해 쉬지 않고 욕을 퍼붓고 환호성을 질러댔다. 도겸 역시 감격의 눈물을 줄줄 흘리며 계속 중얼거렸다.

"서주는 살았어, 살았어. 이제 살았다고……."

다들 기뻐하는 이 와중에 오직 한 사람만이 성루 대청 문 옆에 기대서서 팔짱을 끼고 멀리서 양군이 싸우는 장면을 냉담하게 주시하고 있었다. 그는 바로 도겸의 둘째 아들 도응이었다.

성 밖에서 혈투를 벌이는 양군과 성안에서 환호작약하는 무리가 마치 자신과는 전혀 무관한 듯, 무심한 표정이었다.

"와! 대단해! 정말 대단해!"

다시 한 번 울린 함성에 도응은 상념에서 깨어났다.

멀리 전장을 바라보니 호랑이 같은 일원 대장이 긴 창을 들고 선두에 서서 앞길을 가로막는 조조군을 돌파하고 있었다.

긴 창이 이르는 곳마다 조조군은 추풍낙엽처럼 쓰러졌고, 한 장수는 그의 창에 가슴이 꿰어 허공을 날았다. 조조군의 처절한 비명 소리가 서주성에 가까워질수록 성안에 모여 있는 서주 군민의 환호성 소리로 점점 더 높아졌다.

"응아! 응아! 너도 봤어? 봤지?"

도응에게 말을 건 이는 도겸의 장자 도상(陶商)이었다. 그는 소리를 지르며 계단을 올라와 양손으로 도응의 어깨를 마구 흔들었다.

흥분한 모습이 꼭 맘에 드는 장난감을 손에 쥐고 기뻐하는 아이 같았다.

"형님, 아우도 보고 있었습니다."

도응은 공손하게 대답했다.

"저기 긴 창을 든 장군이 유 공의 셋째 아우인 장익덕(張翼德) 맞지? 미 별가가 말했던 그 장익덕 말이야. 호뢰관(虎牢關)에서 유 공, 관운장(關雲長)과 함께 여포에 대적했잖아?"

익덕은 장비(張飛)의 자요, 운장은 관우(關羽)의 자다. 도상은 흥분해서 물었다.

"형님 말씀이 다 맞습니다. 저 장수가 바로 미 별가가 말했던 장익덕이고, 손에 쥔 창이 장팔사모(丈八蛇矛)입니다."

도응은 친절하게 부연 설명까지 했지만 사실 속으로는 다른 큰일을 고민하고 있었다.

그 장수가 명성이 자자한 장익덕인지는 결코 중요하지 않았다. 도응에게 있어서 지금 가장 중요한 일은 목숨을 보존하는 것이었다!

전에 도겸은 도위(都尉) 장개(張開)에게 조조의 부친인 조숭(曹嵩) 호위를 맡겼는데, 장개란 놈이 돈에 눈이 멀어 조숭 일가를 모조리 죽이고 재물을 탈취해 산속으로 달아나 버리는 일이 발생했다.

이 비보를 접한 조조는 눈이 뒤집혀 대군을 이끌고 서주로 쳐들어가 서주의 백성을 깡그리 도륙해 아버지의 원수를 갚겠다고 맹서했다.

그러니 도겸의 아들이 조조의 손에 잡힌다면 어떤 결말을 맞이할지 안 봐도 빤한 사실이었다.

조조, 곽가, 순유, 하후돈, 하후연, 조인, 조홍, 악진, 이전, 우금, 전위…….

성 밖에 있는 이들이 자기 목숨을 노린다고 생각하자 도응은 갑자기 모골이 송연해졌다. 이자들은 손가락 하나만 까딱해도 나를 육장(肉醬)으로 만들 만큼 대단한 영웅들이 아닌가?

유비의 구원병이 성문에 가까워질수록 성안의 환호성도 점점 커졌다. 도겸도 이미 심복인 조굉(曹宏)에게 성문을 열어 이들을 맞이하라고 명을 내렸다.

목소리는 홍에 겨워 무아지경이 되었고, 도상도 절로 홍이 났는지 팔을 휘저으며 큰소리로 서주는 이제 살았다고 외쳤다. 하지만 도응은 시종 태연한 표정을 지었다.

조금도 기쁜 기색을 드러내지 않았을 뿐 아니라 외려 맘속으로 걱정이 앞섰다.

얼마 후 부친인 도겸과 유비 사이에 경천동지할 대사건이 발생할 것임을 알았기 때문이다.

도겸이 서주목 인수(印綬)를 아무 연고도 없는 유비에게 넘기는 일이 일어날 것이다! 그렇게 되면 서주목의 아들인 자신은 낙동강 오리알 신세로 전락해 역사에서 영원히 사라지고 말 것이다.

이후 서주의 또 다른 주인이 되는 여포의 손에 죽든 아니면 조조의 손에 죽든 그것도 아니라면 유기(劉琦)처럼 어떻게 죽었는지조차 모르는 신세가 될 것이다!

도응은 서주를 빼앗으려는 성 밖의 적수들을 떠올리자 모골이 송연해지고 머리가 마비되는 느낌이 들었다. 도대체 내가 전생에 얼마나 많은 잘못을 저질렀길래 하늘은 내 앞에 이토록 무시무시한 적들을 내렸단 말인가?

'차라리 유비의 비위를 맞춰서 아예 그를 위해 일하는 건 어떨까?'

도응은 순간 이런 생각이 들기도 했다. 하지만 이내 고개를 저었다.

유기, 유종(劉琮) 형제의 비참한 말로와 유장(劉璋) 일가가 유비에게 항복한 후 벌어진 참상, 그리고 무엇보다 사서에서 흔적도 없이 사라진 자신과 도상이 떠올랐다. 그러자 유비가 서주를 접수한 후 발생할 갖가지 변란에 가만 앉아서 손 놓고 있을 수만은 없었다.

사실 이번에 유비는 운이 아주 좋았다. 원래 조조의 주력부대는 서주성 북쪽에 주둔하고 있었다. 그런데 공융과 전해의 구원병이 서주에서 정북 방향으로 30리 떨어진 곳에 대영(大營)을 차리자, 앞뒤로 공격을 받게 된 조조가 하는 수 없이 군사를 나눠 방어에 나섰기 때문이다.

군사력이 분산돼 각 방면의 방어 태세가 약화된 데다 유비가 뜻밖에 조조군 방어선을 직접 뚫고 서주성 안으로 들어가는 전술을 짠 덕분에 막강한 조조 군대도 미처 손쓸 틈이 없었다.

한쪽은 만반의 준비를 갖춘 데다 맹장이 선두에 선 반면, 다른 한쪽은 아무런 대비도 하지 않다가 갑작스레 공격을 받았으니 이 전투의 결과는 누가 봐도 뻔했다.

싸운 지 채 반 시진(時辰)도 안 돼 유비군은 조조군의 방어선을 돌파했다. 그리고 별반 사상자도 없이 서주성 아래까지 짓쳐들어와 때마침 응원 나온 서주성 군대와 회합했다.

서주성 동문 앞에 진을 치고 있던 조조군 대장 우금(于禁)은 이 전갈을 듣고 나는 듯이 북문 쪽으로 달려갔다. 하지만 승세를 탄 유비군의 기세에 눌려 군사 5백 명이 꺾이는 참패를 당하고 말았다.

마침내 유비군이 성안으로 들어가자 온 성에 환호성이 울려 퍼졌다. 도겸은 친히 문무 관원을 거느리고 성문까지 나가 극진한 예로 유비를 영접했다.

이때 도응은 관직이 없었던 관계로 부친을 따라나서지 못했다. 그는 다만 인파 속에서 서주 군민에게 둘러싸인 황숙(皇叔) 유비를 바라보았다.

책에서 본 내용대로 몸에 갑옷을 걸친 유비의 풍채는 범상치 않았다. 30대 중반의 나이. 얼굴은 관옥(冠玉)과 같이 희고 입술은 연지를 바른 것처럼 붉었다.

두 귀는 알려진 것처럼 어깨까지 늘어질 정도로 크진 않았지만 그래도 보통 사람에 비한다면 상당히 컸다. 또 입가에는 항상 옅은 미소를 띠어 사람들에게 친근감을 주었다. 이와 동시에 위풍당당한 외모와 비범한 기질에서는 감히 범접할 수 없는 카리스마가 느껴져 절로 경앙(景仰)의 마음이 들었다. 어떻게 뜯어봐도 지도자의 풍모를 타고난 자다.

도응이 옆으로 눈을 돌리자 대춧빛처럼 얼굴이 붉은 장수가 눈에 들어왔다.

녹색 전포(戰袍)를 입은 이 장수는 수염 길이가 두 자나 되고 손에는 청룡언월도(青龍偃月刀)를 쥐고 있었다. 풍채가 늠름해 자기도 모르게 사모하는 마음이 들 정도였다.

이 장수는 유비와 도원결의하고 형제의 의를 맺은 관우였고, 표범의 머리에 부리부리한 고리눈, 고슴도치 가시처럼 뻗은 수염, 손에 사람 키의 두 배나 되는 사모(蛇矛)를 쥔 장수는 당연히 장비였다.

이번 전투에서 장비는 끝까지 선두를 지키며 무수한 조조군을 베고 적진을 돌파해서 성에 들어간 후 서주 군민의 찬사와 존경을 한 몸에 받았다.

유비 삼형제와 함께 도응의 눈에 들어온 장수가 한 명 더 있었다.

백마를 타고 손에 은색 창을 쥔 장수. 눈은 별처럼 빛났고 용모는 연예인을 쏙 빼닮았다.

이 꽃미남은 다름 아닌 상산(常山) 조자룡(趙子龍)이었다. 자룡은 조운(趙雲)의 자다.

도응은 책에서만 읽었던 역사 인물들을 직접 보자 흥분된 마음을 감추기 어려웠다. 한데 자신은 왜 요 모양 요 꼴인 거냐고? 물론 거기에는 그럴 만한 이유가 있었겠지만 말이지.

어쨌든 도응은 크게 개의치 않았다.

부친인 도겸이 잠시 후 유비와 문무백관을 부중(府中)으로 청해 연회를 베풀 것이다. 그때 사람들에게 내 존재를 꼭 부각시키고 말리라!

예상대로 도겸은 유비의 손을 잡고 한참 동안 얘기를 나눈 후 부중 연회에 참석해 달라고 청했다.

유비는 먼저 서주 군민의 식량 수급 상황을 물은 뒤 긍정적인 대답을 듣고 고개를 끄덕여 동의를 표했다. 이에 미축, 미방 형제와 진규, 진등 부자를 포함해 대다수 문무 관원들이 도겸의 부중으로 향했다.

도겸은 주목(州牧)의 신분으로 친히 앞장서서 길을 안내했고, 도상과 도응 형제가 멀찍이 뒤를 따랐다. 한편 서주성 방어는 조표와 조굉 등 일부 무장들이 책임졌다.

사람들이 부중으로 들어가자 하인들이 벌써 술자리를 마련해 놓았다. 풍요롭기로 유명한 서주인지라 몇 달간 이어진 조조군의 포위 공격에도 식량이 끊어지진 않았다. 하지만 산해진미를 기대하긴 무리여서 돼지와 양 몇 마리를 잡은 것이 다였다.

체면을 중시하는 도겸은 심히 부끄러워 재삼 유비에게 사과를 했다.

유비는 이런 사소한 일에 마음을 두는 자가 아니다. 적군에게 포위된 상황에서 연회를 베풀어 자신을 환대하는 것만으로도 이미 극진한 대우를 받은 것이고, 미천한 자신이 서주목에게 특별 대우를 받아 몸 둘 바를 모르겠다고 대답했다.

유비의 겸허함에 자리를 함께한 문무 관원이 갈채를 보냈다. 유비를 서주성으로 끌어들인 미축, 미방 형제는 특히 더 아첨을 떨며 유 공의 고상한 품덕을 입에 마르도록 칭송했다.

도겸도 크게 기뻐하며 유비 일행을 상석으로 청한 후 마음 편히 즐기라고 말했다.

성격 급한 장비가 답례도 하기 전에 술을 마시려다가 유비에게 꾸지람을 듣는 모습을 본 도겸은 그제야 자신의 두 아들이 생각났다.

이에 도상, 도응을 손짓해 불러 명했다.

"명문(明文), 명무(明武)는 이리 와서 유 숙부께 인사를 올려라."

"예!"

도상은 공손하게 대답했다. 이어 아우 도응을 데리고 유비 앞에 다가가 두 손을 모으고 길게 읍하며 먼저 말했다.

"소질(小侄) 도상, 숙부를 처음 뵙습니다."

"소질 도응, 숙부를 처음 뵙습니다."

도응도 형을 따라 예를 행했다. 그런데 이때 도겸의 불호령이 떨어졌다.

"무릎을 꿇어라! 유 공은 서주성 온 백성의 은인이자 너희의 은인이니 큰절을 올려야 할 것 아니냐?"

"예, 예!"

둘은 급히 대답하고 도포를 펄럭이며 무릎을 꿇었다.

"두 분 조카는 이러지 마십시오."

유비는 서둘러 자리에서 일어나 왼손으로는 도상을, 오른손으로는 도응을 잡고 일으켰다. 그런데 도응이 꿈쩍도 않는 바람에 유비의 오른손이 허공을 갈랐다.

바로 이때 유비의 얼굴에 잠시 불쾌한 기색이 스치더니 이내 사라져 버렸다.

하지만 바로 곁에 있던 도응은 이 모습을 놓치지 않고 똑똑히 볼 수 있었다.

몸이 불편한 도겸이 기침을 하며 유비에게 아들을 소개했다.

"유 공, 이들이 노부의 불초한 견자(犬子)입니다. 장자의 이름은 상, 자는 명문이고, 차자는 이름이 응, 자는 명무입니다. 무능한 자식들이라 대임을 맡기 어려우니 유 공이 많이 가르쳐 주셨으면 합니다."

"도 공께선 너무 겸손하십니다. 두 공자는 용모가 출중하고 영웅의 자태를 지니고 있어서 결코 남의 밑에 있는 것에 만족할 인물이 아닙니다."

예의상 하는 유비의 말이 너무 진지하여 꼭 사실처럼 들릴 지경이었다.

"아이고, 그런 말 마십시오."

도겸은 마음속으로부터 한숨이 절로 나왔다. 못난 자식 놈들을 생각하자 가슴이 미어지는 듯했다.

하지만 곧 마음을 가다듬고 장비에게 몸을 돌려 웃으면서 말했다.

"장 장군, 오늘 노부가 서주의 명주를 대접할까 합니다. 향기가 병을 뚫고 나간다 하여 '투병향(透甁香)'이라 불리는 술입니다. 노부의 나이보다 오래된 좋은 술이니 마음껏 드시지요."

"정말입니까?"

장비는 침을 꿀꺽 삼키며 입맛을 다시더니 당장 술독의 봉니(封泥)를 뜯어 술잔에 따르지도 않고 그냥 술독을 안은 채 벌컥벌컥 마셨다.

호쾌하게 술을 들이켠 장비는 만면에 희색을 띠고 큰소리로 웃으며 말했다.

"과연 명주입니다. 태어나서 이런 술은 처음 마셔 봅니다! 감사합니다, 도 사군(使君)!"

도겸은 과찬이라며 손사래를 쳤다. 이때 도응은 자신의 존재를 알릴 기회가 왔음을 포착하고 재빨리 응수했다.

"조카의 집에 이 명주가 많이 있습니다. 부친께서 허락하신다면 곧 사람을 시켜 장 장군께 열 독을 바치겠습니다."

장비가 호탕하게 웃으며 대답했다.

"하하하, 너무 감사하오! 그대는 도 공자 아니오? 이 장비가 꼭 기억하리다!"

도응은 미소를 짓고 손을 모아 예를 갖춘 후 형 도상 곁으로 물러났다. 공식 석상에 얼굴을 거의 드러내지 않고, 참석한다 해도 항상 목석처럼 서 있던 도응이 제 발로 걸어 나와 당당하게 말하는 모습에 좌중은 깜짝 놀랐다.

도응은 속으로 '본편은 시작도 안 했는데 벌써 놀라긴' 하며 미소를 지어 보였다.

그사이 연회 분위기는 점점 무르익어 석상에서는 주빈이 함께 이야기꽃을 피웠다. 유비의 당당한 외모와 능숙한 구변은 바로 좌중을 사로잡았다.

한편 미축 형제는 온갖 미사여구로 서주성을 구한 유비의 공로를 칭송하며, 유비를 곧 연회의 주인공이자 서주의 진정한 주인으로 만들려고 노력했다.

올 것은 반드시 오게 마련인 법. 연회가 끝나갈 무렵에 도겸이 갑자기 사람을 시켜 서주의 영패(令牌)와 인신(印信)을 가져오라고 명했다.

이 행동을 지켜보는 문무 관원들은 서로 얼굴을 바라보며 도대체 무슨 영문인지 몰라 눈만 껌뻑이고 있었다. 오직 한 사람, 말석에 앉은 도응만이 심장이 두근두근 뛰었다. 자신의 아버지가 이 기업을 다른 사람 손에 넘길 것임을 알았기 때문이다.

공융, 전해, 유비의 구원군이 출병하기 전, 조조의 공격에 속수무책이던 도겸은 이미 고향인 단양(丹陽)으로 도망갈 준비를 했다.

만약 미축이 구원병을 청하지 못했다면 도겸은 분명 이를 실행에 옮겼을 것이다.

이미 서주를 버릴 마음을 먹은 도겸은 유비의 무용과 재주를 알아본 즉시 서주자사의 직분을 유비에게 넘기기로 결심했다.

하지만 도응이 보기에 이 이유는 너무 억지스러웠다.

뭇사람이 주시하는 가운데 도겸은 손에 패인(牌印)을 받쳐 들고 유비 앞으로 걸어갔다. 그러더니 유비에게 패인을 바치며 큰절을 올리는 것이 아닌가.

유비는 대경실색하며 황망히 자리에서 일어나 답례를 갖추었다.

"도 사군께서 어찌 저에게 큰절을 하십니까? 분부하실 것이 있으면 모쪼록 가르침을 내려주십시오."

'드디어 올 것이 왔구나!'

도응은 심장이 쿵쾅쿵쾅 뛰었다. 부친이 이어서 무슨 말을 하려는지 알고 있었기 때문이다.

미칠 노릇이다.

바로 이때 도응의 머릿속에 한 가지 생각이 섬광처럼 스쳐 지나갔다.

도응은 다급한 마음에 즉시 자리에서 일어나 큰소리로 외쳤다.

"유 숙부!"

도겸의 행동에 어안이 벙벙해진 사람들의 시선이 순식간에 모두 도응에게 집중되었다.

도겸 역시 입에서 막 나오려던 말을 거둬들이고 시선을 자신의 둘째 아들에게 돌렸다. 흐릿한 노안에는 놀란 빛이 가득했다.

"유 숙부!"

도응이 다시 한 번 외친 후 성큼성큼 도겸 곁으로 걸어갔다. 그는 양 무릎을 꿇고 두 손을 모아 예를 갖춘 후 유비를 똑바로 바라보며 우렁찬 목소리로 말했다.

"숙부, 지금 천하가 크게 어지러워 조정의 기강이 무너진 지 오랩니다. 숙부께선 한실 종친이시니 사직을 붙드셔야 마땅합니다. 가친께서 연로하신데다 조카 형제는 무능하고 재주가 없으니 서주 5군을 숙부께 양보하고자 합니다. 숙부께서는 절대 사양하지 말아 주십시오!"

"헉!"

이 말에 많은 사람의 입에서 외마디 소리가 흘러나오며 불가사의한 표정으로 도응을 바라보았다.

도겸은 눈이 휘둥그레지다 못해 아예 튀어나올 지경이었다. 바보로만 알고 있던 도응 입에서 이런 말이 나오다니! 마치 자신의 생각을 꿰뚫은 듯 자신의 말을 대신하고 있었던 것이다.

'정치판에서 가장 중요한 건 말투와 안색으로 상대방의 심중을 헤아리는 것! 도겸이 무슨 말을 할지는 알고 있었지만 과연 유비는 무슨 생각을 하고 있을까? 그의 표정에서 반드시 이를 읽어내야만 한다.'

도응은 마치 사소한 표정이라도 절대 놓치지 않겠다는 듯 진지한 눈빛으로 유비의 얼굴을 응시했다.

'도겸 부자가 대체 무슨 꿍꿍이로 이러는 걸까?'

유비는 도겸 부자의 의도를 간파하기 위해 재빨리 머리를 굴렸다.

좀 전에 도겸이 서주목 신분을 대표하는 영패와 인신을 가져오라고 명했을 때 유비도 깜짝 놀라긴 했다.

하지만 곧이어 도겸이 패인을 받쳐 들고 자신 앞에 서자, 이내 도겸의 의도를 알아채고 자기도 모르게 심장이 쿵쾅쿵쾅 뛰고 호흡이 가빠지기 시작했다. 그런데 생각지도 못했던 도응이 갑자기 끼어드는 통에 유비는 일이 어찌 돌아가는지 전혀 갈피를 잡지 못하는 중이었다.

이때 벽력같은 소리가 부중을 울렸다.

"형님, 지금 제정신이십니까?!"

고함 소리의 주인공은 바로 도겸의 조카이자 도응의 사촌동생인 도기(陶基)였다.

역사적으로 보면 그는 훗날 동오(東吳)에서 교주자사(交州刺史)를 역임하는데, 이때만 해도 나이 겨우 열일곱에 불과한 애송이였다.

도기는 나이가 어려 낄 자리가 아님에도 혈기를 주체하지 못하고 앞으로 나섰다.

"서주는 백부께서 일으키신 기업인데 어찌 남의 손에 넘길 수 있단 말입니까?"

그러자 도응이 조목조목 반박했다.

"아우의 말은 틀렸네. 서주는 한 황실의 토지로 부친이 천자를 대신해 잠시 맡고 있을 뿐인데 어찌 우리 기업이라고 할 수 있겠나? 옛말에 '천기(天氣)에는 정해진 운행 법칙이 있어서 오직 덕을 쌓은 자만이 그곳에 거할 수 있다' 고 했네. 유 숙부는 바로 대한의 후예요, 덕망이 높고 문무를 겸비한 데다 천리 길을 달려와 조적을 물리쳐 서주의 천만 생령(生靈)을 도탄에서 구해주신 분이다. 부친을 대신해 서주를 관장하라는 천명이 내린 것이야!"

도기는 눈만 멀뚱멀뚱 뜨고 도응을 바라보았다. 정녕 이자가 고분고분하고 바보 같던 그 둘째 형이 맞단 말인가!

부중에 모인 문무 관원도 하나같이 놀라서 벌린 입을 다물지 못했다.

전과는 전혀 딴판인 도응의 모습에 누구보다 놀란 건 바로 그의 아버지 도겸이었다.

도겸은 대체 이것이 무슨 조화인지 몰라 한참 동안 아무 말도 하지 못했다.

"도 사군, 공자의 농담이 너무 심합니다."

긴 침묵을 깬 것은 유비였다. 그는 마치 깜짝 놀란 것 같은 어투로 도겸에게 말했다.

"아니오, 아니오."

마침내 정신이 돌아온 도겸은 급히 고개를 가로저었다. 그러고는 패인을 두 손으로 받쳐 들고 유비에게 건네며 간절하게 말했다.

"유 공, 견자가 비록 무지하나 방금 전에 한 말은 노부의 생각과 꼭 같았소. 천하가 어지럽고 황실의 기강이 땅에 떨어진 지금, 한실 종친인 유 공이 마땅히 사직을 일으켜 세워야 합니다. 노부가 나이가 많고 무능하여 서주를 양보하려 하니 유 공은 절대 사양하지 마십시오. 겸이 표문(表文)을 써서 조정에 이 사실을 고하리다."

유비는 당장 무릎을 꿇고 두 손을 모아 읍하며 더 이상 정중할 수 없는 어조로 도겸에게 말했다.

"도 사군까지 이러시면 정말 곤란합니다. 비가 비록 한실 후예이나 공덕이 미미하여 평원상이란 직책도 과분할 따름입니다. 대의를 위해 도우러 왔을 뿐인데 공께서 이리 말씀하시면 이 비가 서주를 병탄할 속셈을 가졌다고 의심받게 됩니다. 만약 한 치라도 이 마음을 가졌다면 하늘이 벌을 내릴 것입니다!"

도응은 속으로 코웃음을 쳤다.

'흥, 과연 유비는 유비로구나. 한데 연기가 뛰어나다는 건 인정하지만 아직 경지에 이르지는 못했어. 정말 서주를 빼앗을 마음이 없다면서 방금 전 슬그머니 주먹을 쥔 이유는 뭘까?'

도응은 속마음과는 다르게 미소를 띠며 유비를 향해 말했다.

"숙부, 무조건 사양하지 마시고 소질의 말을 잠깐 들어보십시오. 역적 장개가 재물을 탐해 조숭 일행을 죽이는 바람에 서주는 큰 재앙에 닥쳤습니다. 조적은 이를 빌미로 군사를 일으켜 서주 군민을 학살하고, 서주는 누란지위(累卵之危)에 처했습니다. 이때 숙부께서 구원을 와 조조군을 물리치고 서주 생령의 목숨을 구했으니, 이보다 더 큰 공이 어디 있겠습니까. 가친께서 서주를 양보하는 것은 따지고 보면 서주 군민을 살리기 위함입니다. 그러니 이 점을 고려하셔서 가친을 대신해 서주를 맡아주십시오."

도기가 이 말에 분기탱천해 소리쳤다.

"조조군은 아직 물러가지 않았소! 서주성 사방을 에워싸고 있는 조적 놈이 언제 성을 공격할지 모른단 말이오!"

도겸이 도기의 말을 막고 꾸짖었다.

"입 닥쳐라. 네 형이 유 공과 얘길 나누고 있지 않느냐? 더는 끼어들지 마라!"

도응은 고개를 돌려 도기를 바라보며 어르듯 말했다.

"이 점에 대해 아우는 너무 걱정 말게. 술이 식기도 전에 화웅(華雄)의 목을 벤 관 장군의 위명(威名)은 삼척동자도 아는 사실 아닌가? 유비 공 삼형제가 개세(蓋世)의 영웅 여포와 결전을 벌인 일도 있지 않느냐? 거기에 조자룡 장군은 문추(文醜)를 무찌르고 원소(袁紹)군을 궤멸시킨 전적이 있다. 현재 이 장수들이 모두 서주에 있으니 조조군이 물러가지 않는다면 망하는 길밖에 없다."

여기까지 말한 도응은 다시 부중에 모인 문무 관원을 향해 물었다.

"각 대인, 장군께 여쭙니다. 제 말이 틀렸습니까?"

대다수 문무 관원은 고개를 끄덕이며 동감을 표시했다. 특히 미방이 신이 나 맞장구를 쳤다.

"이공자의 말씀은 지당하십니다. 유 공과 세 분 장수가 이곳에 계시니 조조가 백만 대군을 이끌고 온다 해도 저희는 베개를 높이 베고 편히 잘 수 있……."

말이 채 끝나기도 전에 미방은 형 미축의 눈짓을 알아채고 자기도 모르게 목소리가 점점 줄어들었다. 너무 성급히 속마음을 드러낸 것이다.

도응이 이렇게까지 말하자 유비는 더 이상 어쩔 수 없다는 듯 도겸에게 예를 갖추고 말했다.

"도 공의 하해 같은 은혜는 만 번 죽어도 다 갚기 어렵습니다. 다만 조조군이 아직 물러가지 않았으니 마땅히 이 일을 먼저 논의하는 것이 순서라고 사료됩니다. 그 이야기는 조조군을 물리치고 서주의 포위를 푼 후에 나눠도 늦지 않습니다."

이때 미축도 자리에서 일어나 도겸에게 공손하게 말했다.

"유 공의 말이 옳습니다. 부군(府君)께서 호의로 베푸신 제안이지만 지금 당장은 서주성 턱밑까지 이른 조적 놈을 물리칠 계책을 논의해야 할 때입니다. 사태가 평정된 후 다시 논의

하는 것이 마땅한 줄 아옵니다."

"기왕 그렇다면… 조조군을 무찌른 후 다시 얘기합시다."

잠시 주저하던 도겸은 마침내 패인을 거둬들였다. 도응을 힐끗 쳐다보는 그의 눈에는 복잡한 심경이 그대로 드러나 있었다.

이 대화를 듣고 있던 도기는 코웃음을 치며 속으로 생각했다.

'조조군을 물리친다고? 퍽이나 쉽겠군. 조조군이 쉽게 물리칠 군대였다면 진즉에 물리쳤지, 유비 당신네 3천 군사를 기다렸겠냐고? 어쨌든 잘됐지, 뭐. 당신네들이 기꺼이 조적 놈과 결전을 벌인다면 승패야 어찌됐든 우린 앉아서 어부지리를 얻는 셈이니까.'

이때 도겸이 유비에게 적군을 물리칠 계책을 물었다. 골똘히 고민하던 유비가 입을 뗐다.

"선례후병(先禮後兵)이란 말이 있으니, 비가 먼저 조조에게 서신을 보내 화친을 권하겠습니다. 만약 조조가 이를 듣지 않는다면 그때 군사를 이끌고 공격해도 늦지 않을 것입니다."

'뭐? 편지를 써서 화친을 권한다고?'

어떻게 봐도 유비가 눈꼴이 시렸던 도기는 하마터면 웃음이 입 밖으로 새어 나올 뻔했다.

조조가 화친을 받아들일 거라면 진즉에 다른 사람의 화친을 받아들였지, 돗자리 짜고 짚신 파는 놈이 얘기할 때까지 기다렸겠는가?

도겸도 유비가 이런 계책을 제시할지 몰랐다는 표정을 하고 있었다. 그는 한참만에야 고개를 끄덕이더니 기침을 하며 말했다.

"좋소. 그리합시다."

도겸이 자신의 건의에 동의하자 유비는 즉시 필묵(筆墨)과 비단을 대령하라고 명한 후 그 자리에서 조조에게 휴전을 제의하는 편지를 썼다.

편지가 완성되자 도응은 즉시 앞으로 나가 유비에게 공손하게 말했다.

"숙부, 이 서신은 소질이 따로 사람을 시켜 조조에게 보내도록 하겠습니다."

"그럼 조카가 고생 좀 해주시게나."

유비는 글을 다 쓴 비단을 상자에 봉하지도 않고 별생각 없이 도응에게 건넸다.

도응은 두 손으로 이를 받은 다음 도겸의 동의를 얻어 서신을 보낼 준비를 하겠다며 부중을 나갔다.

*　　　*　　　*

도응이 나간 후 연회도 곧 끝났다.

도겸은 연로하고 병이 많아 유비와 오래 자리를 함께할 수 없어서 미축 형제에게 유비 일행이 쉴 곳을 안내해 주라고 명했다. 또 진등과 도기에게는 유비 군사들에게 술과 고기를 베풀어 위로한 후 숙영지를 마련해 주라고 당부했다.

그리고 도겸 자신은 도상의 부축을 받으며 휴식을 취하러 처소로 돌아갔다.

인적이 없는 곳에 이르자 도겸이 갑자기 도상의 귀에 대고 나직이 말했다.

"네 아우에게 사람을 보내 얼른 일을 마치고 오라고 해라. 아비가 그와 상의할 일이 있어서 그러니 주변 사람에게는 절대 알리지 말고."

도상은 원체 순박한지라 부친의 명을 듣고 무슨 영문인지 몰라 멍하니 서 있었다. 도겸이 답답한 듯 짜증을 내며 재촉했다.

"얼른 가 보거라. 그리고 절대 다른 사람이 알아서는 안 된다. 명심해라."

도상은 그제야 고개를 끄덕이고 서둘러 사람을 보내 도응을 찾았다.

암중모색 중인 자는 도겸 부자만이 아니었다.

유비도 사병들이 백성에게 해를 끼치지 못하도록 단속하라며 관우, 장비, 조운을 보내놓고 미축 형제와 단 셋만이 먼저 관사로 향했다.

도중에 유비가 미소를 지으며 미축에게 말했다.

"자중(子仲), 도 사군의 이공자는 그대가 말한 것과 완전히 다르더군요?"

자중은 미축의 자다. 미축도 고개를 갸웃하며 말했다.

"저도 이를 괴이하게 생각하고 있습니다. 주공이 유 공에게 서주를 넘길 때 두 공자가 결사반대해야 이치상 맞는 것입죠. 왜 이공자가 지지를 표시했는지, 또 주공보다 먼저 서주를 양보하겠다고 했는지 모를 일입니다."

이때 미방이 그들 대화에 끼어들었다.

"그도 주공처럼 조적에게 죽을까 두려웠던 건 아닐까요? 그래서 주공과 생각이 일치해 곧 불타게 될 서주를 유 공에게 넘기려는 계산이었던 거죠. 아니면 이 모든 것이 주공이 넌지시 시켜서 한 일이던가요. 그렇지 않다면 그의 능력으로는 절대 나올 수 없는 말들뿐이었습니다."

유비가 고개를 저으며 말했다.

"도 사군이 시켜서 나온 말이 아니오. 그가 먼저 서주를 양보한다고 했을 때, 도 사군이 놀라 짓던 표정은 절대 작위적이지 않았소. 내 이 두 눈으로 똑똑히 지켜봤소. 도 사군과 이공자 사이에 미리 교감이 있지는 않았을 것이오."

미축도 유비와 같은 생각이었다.

"설마 이 멍청이가 머리가 트인 것일까? 여하튼 그가 먼저 서주를 유 공에게 양보하면서 일이 꼬인 건 틀림없습니다. 만약 주공이 먼저 서주를 양보했다면 누가 감히 주공의 의견에 반대했겠습니까? 그런데 이공자가 먼저 나서는 바람에 부중의 일부가 대담하게 반대하고 나섰으니까요."

유비가 대수롭지 않게 대답했다.

"상관없소이다. 비는 본디 서주를 취할 뜻이 없었소. 이공자가 잔꾀 부리길 좋아한다면 마음대로 하라지요."

그런데 이윽고 그의 얼굴이 어두워지며 나지막이 중얼거리기 시작했다.

"잔꾀라… 이공자가 나중에 했던 말이 꼭 그랬어. 조조군의 공격은 전혀 걱정이 없다는 듯 말끝마다 날 띄워주기 바빴지. 하지만 실제로는 내가 조조를 무찌를 마음이 있는지 떠보거나 성을 나가 조조와 싸우도록 부추기는 말들뿐이었어."

미축도 말고삐를 잡고 멍하니 서 있으면서 기억의 조각들을 하나하나 맞춰본 후 깜짝 놀라며 말했다.

"유 공의 말씀을 들으니 이 미축도 무슨 말인지 알겠습니다. 이공자의 그 말들은 얼핏 아첨하고 비위를 맞추는 것처럼 들리지만 실제로는 교묘히 덫을 놔 유 공이 출병해 조적을 무찌르도록 부추기는 것이었습니다. 음, 유 공이 즉시 서주를 접수하는 길을 막고 먼저 조조군을 물리친 후 다시 얘기하게끔 만든 것이었군요."

유비는 조용히 고개를 끄덕이며 미축의 말에 동조를 표했다. 옆에 있던 미방이 무시하듯 말했다.

"설마 그 얼뜨기에게 그런 재주가 있으려고요? 우연히 맞아떨어진 것 아닐까요?"

유비는 턱에 손을 괴고 웅얼거리듯 말했다.

"우연이길 바라야지. 여하튼 이 이공자는 절대 만만한 상대가 아니야."

"미 별가님! 미 별가님!"

유비 등이 도응 문제로 고민하고 있을 때, 앞쪽에서 다급하게 미축을 부르는 고함 소리가 들려왔다. 서주의 한 백인장(百人將)이 허겁지겁 달려와 미축의 말고삐를 잡고 숨을 헐떡거리며 소리쳤다.

"별가님, 큰일 났습니다! 주공께 즉시 조표 장군의 전갈을 전달해야 하는데, 주공은 어디 계십니까?"

미축이 무슨 영문인지 몰라 물었다.

"진정하고 천천히 말해보게. 대체 무슨 일인가?"

그 백인장은 땀을 훔치며 더듬더듬 소리쳤다.

"이, 이공자… 이공자께서 성을 나가셨습니다!"

"이공자가 성을 나갔다고? 그래, 어디로 갔다더냐?"

미축은 깜짝 놀랐다. 사방이 조조군에 포위돼 성을 나가면 곧 죽음인데, 도응 이 아이는 대체 왜 성을 나갔단 말인가?

백인장이 목이 쉬어라 외쳤다.

"편지를 전한다고 나가셨습니다! 조조에게 편지를 꼭 전해야 한다고요! 이공자께서 이리 말씀하셨습니다. '나는 주공의 아들이니 서주 군민을 위해 이 한 몸 바칠 것이다.' 그러더니 유 공의 화친 권유 편지를 가지고 친히 나가신 겁니다. 또 만약 돌아오지 못하면 대신 주공께 효를 다하지 못한 죄를 용서해 달라고 전하라 하셨습니다."

유비와 미축, 미방은 놀라서 입을 다물지 못했다. 주위에 있던 서주 백성들 역시 놀라기는 마찬가지였다.

유약하고 무능하기로 소문난 이공자가 서주 군민을 위해 죽음을 무릅쓰고 친히 조조 군영에 편지를 전하러 가다니? 그가 이토록 용감하고 의로운 사람이었단 말인가!

"주공께서는 부중에서 쉬고 계신다. 나를 따라오너라."

사태가 사태이니 만큼 미축도 감히 태만할 수 없어서 그 백인장을 데리고 서둘러 부중으로 향했다.

"내가 너무 공연한 걱정을 했군. 미축의 말이 맞았어. 내 편지에서 조조를 조롱하는 뜻도 알아채지 못할 정도라면 바보는 바보야. 감히 직접 조조 군영에 편지를 전달하러 가다니. 이공자는 절대 돌아오지 못한다."

유비는 바삐 걸어가는 미축의 뒷모습을 보며 안도의 한숨을 쉬고 마음속으로 미소 지었다.

第二章
제 발로 사지에 들어가다

유비와 미축이 받은 정보는 거짓이 아니었다. 도응은 조조에게 직접 서신을 전달하러 성을 나갔다.

그는 혹시나 서주 장병들이 자신을 가로막을까 염려해 먼저 서신을 전달하는 사신을 내보내는 척한 다음 성문이 열리자마자 사신을 밀치고 단기(單騎)로 말을 몰아 성을 빠져나갔다. 이를 목격한 조표와 조굉이 쏜살같이 따라갔지만 도응은 이미 멀리 가버린 뒤였다.

"나는 서주목의 아들이다. 내가 먹는 음식과 내가 입는 의복은 모두 서주 백성에게서 나오는 것이니, 서주가 위난(危難)

을 당한 이때 마땅히 이 한 몸 바쳐야 한다. 부친께는 자식의 생사를 신경 쓰시지 말라고 아뢰라. 혹여 내가 돌아오지 못한다면 부친께 효를 다하지 못한 죄, 용서하시라 아뢰어라."

이는 도응이 떠나기 전에 남긴 말이다. 서주 장병들은 이 말에 감격해 통곡하거나 눈물을 뿌리며 사지로 떠난 그를 안타까워했다.

도응이 사지가 될지도 모르는 조조 진영에 직접 서신을 전하러 간 데는 다 이유가 있었다.

이 싸움의 결과를 뻔히 알고 있는 도응으로서는 가만 앉아서 서주를 유비에게 빼앗기기 싫었다. 자신의 의지와는 무관하게 도응으로 다시 태어났지만 손 놓고 있다가는 자신의 기업을 눈 뜬 채 유비에게 바쳐야 하지 않는가. 그렇다고 딱히 뾰족한 수도 보이지 않았다. 그래서 도응은 최대한 변수가 될 만한 상황을 만들고자 했던 것이다.

등자(鐙子)도 없는 전마(戰馬)를 힘겹게 몰아 채 3리도 가지 않았는데, 앞에는 조조군 척후 부대가 이미 그를 기다리고 있었다. 그들은 칼을 뽑아 도응의 길을 막았다. 대장으로 보이는 자가 도응에게 소리쳤다.

"멈춰라! 뭐하는 놈이냐?"

도응은 말 위에서 몸을 굽혀 한껏 예를 갖추고는 공손하게 대답했다.

"장군, 소인은 서주 군민이 보낸 사신입니다. 서신을 진동장군(鎭東將軍) 조 공께 전해야 하니 번거로우시겠지만 소인을 조 공께 안내해 주십시오."

웃는 얼굴에 침 못 뱉는다고, 도응의 지극히 공손한 어투에 조조군 십장(什長)은 마음이 흡족해졌다. 이에 역시나 부드러운 말투로 말했다.

"사신이라고 하니, 말에서 내려 몸수색을 받게나."

도응은 웃으면서 화답한 후 말고삐를 움켜쥐고 가까스로 말에서 내렸다. 말이라곤 놀이공원에서 몇 번 타본 것이 전부인데다 등자까지 없으니, 그 엉거주춤한 동작에 조조 군사들이 킥킥대며 웃었다.

조조 척후병들은 몸수색을 마친 후 도응을 사신의 예로 대하며 조조 군영으로 압송했다. 저만치 기율이 엄격한 조조군의 진세가 도응의 눈에 들어왔다.

말로만 듣던 조조군 대영(大營)이 가까워지자 그들에게서 뿜어져 나오는 살기에 도응의 심장 박동은 갈수록 빨라지고, 자기도 모르게 오금이 저려오기 시작했다.

도응은 분명히 알고 있었다. 냉병기 시대에 교전 중인 쌍방은 서로 간의 사신을 죽이지 않는다는 불문율이 있었지만 실제로 이를 지킨 군대는 고금 이래로 많지 않았다는 사실을!

조조가 과연 이 불문율을 지킬지는 도응도 장담하지 못했다.

게다가 자신이 도겸의 둘째 아들이라는 사실이 발각되기라도 하면 모가지가 붙어 있길 기대하기란 어려웠다.

하지만 이제 와 돌이킬 수도 없는 일, 도박을 걸어 보기로 했다.

다행히 전의 이 '성실한' 아이 도응은 집에만 틀어박혀 좀처럼 밖으로 나가지 않고 글을 읽거나 무술을 연마하며 하루하루를 보냈다.

공개 장소에 얼굴을 거의 드러내지 않은 덕에 설사 조조군 세작(細作)이 서주에 침투했더라도 관심 밖의 인물인 서주자사의 차남을 주목했을 리 만무했다. 도응은 이에 희망을 걸어 보는 것이다.

이렇게 생각하자 조조군 영채로 들어서면서 콩닥콩닥 뛰던 심장의 요동이 멈추고 긴장된 마음도 조금씩 풀리기 시작했다.

기왕 온 거 마음을 대범하게 갖자!

지금 당장 돌아갈 수 있는 것도 아니지 않은가? 조조의 대군이 눈앞에 있는 상황에서 도망은 곧 죽음을 자초하는 것 아닌가. 설사 도박에서 진다한들 어떠리. 삼국지의 영웅들을 두 눈으로 직접 본 것만으로도 이 세상에 넘어온 보람이 있는 것 아닌가!

조조가 삼국시대에 가장 뛰어난 지도자라는 사실은 결코 허언이 아니었다. 직접 둘러본 조조 대군은 과연 명불허전이었다. 크다 할 수 없는 군영이지만 군사들이 일사분란하게 움직였고, 진용은 빈틈이 없었다.

배산임수의 병력 배치에, 병력이 상호 긴밀하게 연결되어서 서로를 엄호하는 형태로 구축되어 있었다. 동시에 취수(取水), 운량(運糧), 보급 등도 완벽하게 준비돼 있어서 어디 하나 흠잡을 데가 없었다.

이와 비교한다면 서주군은 오합지졸, 그 이상도 그 이하도 아니었다.

도응이 조조 군영의 엄밀함에 감탄하고 있을 때, 유비의 친서는 이미 조조의 막사로 보내졌다. 마침 조조의 막사에서는 유비에게 격퇴당한 우금이 죄를 청하고 있었다. 그때 유비의 친서를 건네받고 읽어 나가던 조조가 발연히 대로하며 크게 소리쳤다.

"자리 짜고 짚신 팔던 놈이 감히 내게 퇴병을 권하다니? 그것도 날 조롱하면서 말이지!"

유비가 보낸 친서의 내용은 대략 이러했다.

비가 전에 그대의 얼굴을 뵌 이후로 서로 멀리 떨어지는 바람에 미처 모실 기회가 없었습니다. 얼마 전 존부(尊父)인 조후께서 불인

한 장개에게 해를 당하신 것은 결코 도공조(陶恭祖)의 탓이 아닙니다.

지금 황건 역도가 바깥에서 소란을 피우고, 동탁의 잔당이 안에 도사리고 있는 상황입니다. 원컨대 진동장군께서는 조정의 위급함을 먼저 생각하시고 사사로운 원한은 잠시 미루시기 바랍니다. 서주의 군사를 물려 국난을 구하신다면, 이는 서주의 복이요 나아가 천하의 복일 것입니다!

공조는 도겸의 자다. 문자상으로만 본다면 유비의 이 편지는 아무 문제가 없다.

이치로 일러주고, 정으로 마음을 움직이는 내용이었다. 그러나 자세히 들여다보면 유비가 조조를 기롱하는 뜻이 내포돼 있다. 그것은 바로 '동탁의 잔당이 안에 도사리고 있다' 와 '진동장군' 이라는 글이다.

동탁의 세력이 막강했을 때, 떡고물을 바라고 그를 따르던 수하들이 아주 많았다. '안에 도사리고 있는 자' 라 부를 만한 이는 다름 아닌 현재 장안(長安)에서 천자를 끼고 제후를 호령하는 이각(李傕), 곽사(郭汜)를 이름이었다.

바로 1년 전 조조는 이각, 곽사의 명에 따라 청주(青州)로 출병해 그곳의 황건적을 진압했다. 그 공로로 이각, 곽사에게 진동장군이란 관직을 얻었다. 따라서 조조는 명목상 이각, 곽사의 부하였다.

이런 의미로 유비의 서신을 다시 본다면, 유비는 조조가 동탁 잔당이 주는 관직을 받았으니 그들의 앞잡이가 됐다고 비꼰 말이었다. 조조는 결코 바보가 아니었다.

그는 편지 안에 담긴 유비의 의도를 깨닫고 화가 머리끝까지 치밀었다.

"여봐라!"

격노한 조조는 책상을 내려치며 크게 소리 질렀다.

"유비가 보낸 사신을 원문(轅門)으로 끌어내 참수하고, 수급을 서주성 사람들에게 보이도록 하라! 그리고 대군은 영문을 나가 즉각 성을 공격하라!"

이때 한 신하가 불쑥 앞으로 나오며 외쳤다.

"주공은 잠시 멈추십시오!"

스물서넛쯤 돼 보이는 나이에 용모는 흡사 절세가인이라 해도 믿을 만큼 곱상한 청년이 앞으로 나왔다. 하지만 얼굴에는 병색이 짙고 지나가는 바람에도 픽 쓰러질 듯 몸이 허약해 보였다. 다름 아닌 곽가(郭嘉)였다.

곽가는 두 손을 모아 예를 갖추고 연신 기침을 하며 말했다.

"주… 주공, 뇌정(雷霆)의 노여움을 가라앉히십시오. 이러시면 유비의 궤계(詭計)에 떨어지게 됩니다."

조조는 곽가의 병세가 더 심해진 것 같아 마음이 무거웠다.

"봉효(奉孝), 병이 더 심해진 것 같으이. 낭중(郎中 : 의원)에게 말을 전하겠네."

봉효는 곽가의 자다. 곽가는 여전히 기침을 하면서도 손을 내저었다.

"주공의 배려에 송구할 따름입니다. 소신의 병세는 그리 심하지 않습니다. 주공, 신이 유비의 서신을 보진 못했지만 그 안에 조롱의 뜻이 담겨 있다는 말씀을 듣고 이미 유비의 의도를 알아챘습니다. 바라옵건대 주공께서는 잠시 화를 멈추시고 세 번 생각하시어 유비의 객반위주(客反爲主) 계략에 빠지지 마십시오."

조조는 몸이 불편한 곽가를 불러 자리에 앉히고 물었다.

"봉효, 그게 무슨 말인가? 유비가 어떻게 주인 행세를 한단 말이지?"

"유비가 주공께 친서를 보낸 것은 명목상으로는 선례후병이지만 실지로는 객반위주를 노린 것입니다. 그가 도모하려는 사람은 주공이 아니라 도겸입니다. 주공께서는 이미 도겸의 주력 부대를 섬멸하고 서주성 아래까지 이르렀습니다. 도겸은 고작 6, 7천 패잔병을 이끌고 성안에 고립돼 있고 군사들은 싸울 마음을 잃었으니 서주성 함락은 시간문제일 따름입니다. 지금 유비가 2, 3천에 불과한 군사를 이끌고 서주성에 들어간 것은 한 잔 물로 수레에 붙은 불을 끄려 하는 것과 같습니다. 만약 유비가 성을 나와 결전을 불사한다면 우리 병력으로 그를 무찌르기란 손바닥 뒤집는 일보다 쉽습니다. 하지만 유비는 그리 어리석은 인물이 아닙니다."

곽가의 설명에 조조는 그제야 깨달은 바가 있는 듯 이마를 치며 말했다.

"오라, 그래서 유비가 선례후병을 구실로 날 격노케 한 것이로군. 간사한 필부 놈 같으니! 내가 그의 계략에 떨어져 당장 사신의 목을 베고 성을 공격했다면 유비 놈은 이 기회를 틈타 도겸과 동등한 자격으로 손을 합쳐 성을 지켜내겠다? 승리한다면 유비는 성을 지켜낸 공으로 서주를 독차지할 테고, 패한다 해도 자기 부대를 이끌고 성을 빠져나가면 남은 도겸 혼자 내 분노를 받아내도록 내버려 둘 심산이라 이 말이지?"

곽가가 고개를 끄덕이며 말했다.

"바로 그렇습니다. 그리고 한 가지 더, 유비의 이번 행동에는 좀 더 깊은 뜻이 숨겨져 있습니다. 유비는 천하를 차지할 마음을 품은 효웅(梟雄)입니다. 서주 구원은 그저 핑계일 뿐이고, 사실은 서주 땅을 노린 것입니다. 연전연패한 도겸은 군사 열 명 중 여덟아홉을 잃고 원기가 크게 상했습니다. 만약 유비가 도겸과 손잡고 주공을 물리친다면 도겸은 필연코 상빈의 예로 유비를 후대하고, 또 유비의 힘을 빌려 서주를 보전하기 위해 그를 붙잡아둘 것입니다. 그래서 유비에게 돈과 식량은 물론 토지까지 떼어준다면 유비는 이를 기회로 서주에서 기반을 닦게 됩니다."

조조가 냉소를 흘리며 말했다.

"흠, 나름대로 훌륭한 계략이지만 유비 어린놈에게 과연 날 이길 능력이 있겠는가?"

"패한다 해도 상관없습니다. 범 같은 관우와 장비, 양원 대장이 유비를 좌우에서 호위한 채 일점을 뚫는다면 청주 강병으로도 막아내기 힘들 것입니다. 하지만 만에 하나 우리 군대가 패한다면 유비는 상당한 전과를 올리게 됩니다. 아군 첩자의 정보에 따르면, 도겸 도적놈의 병세가 위중해 살날이 얼마 남지 않았다고 합니다. 여기에 도겸의 두 아들은 무능하기 짝이 없고 유비가 공융, 전해의 힘까지 얻었다 하니, 요행히 승리하고 훗날 도겸이 갑자기 세상을 떠나는 날에는……."

조조가 다시 냉소를 짓고 물었다.

"봉효는 이토록 간사한 유비 놈을 물리칠 계책이 있는가?"

"당장 유비를 공격하는 것은 하책입니다. 또한 저들의 사기가 충천(衝天)해 있는 시점이라 우리 군이 성을 공격해 승리를 거둔다 해도 아군의 피해가 막심할 것입니다. 따라서 이때는 장계취계(將計就計)가 최선의 선택입니다. 먼저 사신을 후대하고 유비의 요구에 거짓으로 응한다면 유비는 필시 경계를 게을리 할 것입니다. 그 틈을 타 성을 급습하면 서주를 단번에 깨뜨릴 수 있습니다."

조조가 손뼉을 치며 큰소리로 웃으며 말했다.

"훌륭한 계책이다! 잠시 유비를 안심시킨 다음 도겸 늙은이와 함께 주살해 버리리다! 여봐라, 유비가 보낸 사신에게 당장 좋은 술과 음식을 내주어라. 내 곧 답서를 써서 그를 다시 서주성으로 돌려보내겠다."

막하의 문무 관원은 조조의 명을 받들고 모두 자리에서 물러났다.

*　　　*　　　*

이리하여 도응은 곽가 덕분에 가까스로 목숨을 부지하게 되었다.

조조의 수하가 먹을 것을 대령하자 도응은 그제야 안도의 한숨을 내쉬며 도박이 성공했다고 쾌재를 불렀다. 자신의 안전을 확인한 그는 어떻게 하면 서주의 곤경을 푼 공로를 더 많이 빼앗아올까 고민하기 시작했다.

도응 앞에는 조조의 둔전(屯田)에서 수확한 조와 채소, 고기 한 접시가 차려졌다. 여기에 탁주 한 병이 곁들여졌다. 음식이 풍부한 서주성과 비교한다면 단출하기 그지없지만 기분 탓인지 도응은 음식을 맛있게 먹었다.

"여기 있다! 서주에서 온 사신이 여기 있다!"

이때 갑자기 밖에서 들리는 고함 소리에 도응은 식사를 멈추었다. 이어서 조조의 병졸들이 도응이 머무는 막사로 들이닥쳤다.

병졸들 사이에서 표범 같은 거한이 걸어 나와 도응 곁으로 다가오더니 희색을 띠고 크게 소리쳤다.

"저자를 묶어라!"

—탁!

놀란 도응이 젓가락을 바닥에 떨어뜨렸다. 그는 갑자기 머릿속이 복잡해졌다.

'무슨 일이지? 조조가 왜 날 후대하다가 다시 잡아들이는 거지?'

조조 병사들은 도응의 생각에 아랑곳없이 오랏줄로 그를 꽁꽁 포박했다. 표범 같은 거한이 실눈을 뜨고 말했다.

"대담한 놈 같으니. 감히 여기가 어디라고! 주공의 명이 떨어지면 나 전위(典韋)가 직접 너를 처단할 것이다. 끌고 가라!"

병사들은 전위의 명에 따라 거칠게 그를 끌고 나갔다. 도응은 순순히 그들을 따라가며 머릿속으로 계속 주판알을 튕겼다.

'조조가 왜 전위를 보내 날 잡아들이는 거지? 설마 내 신분

이 탄로 난 걸까? 그건 불가능해. 조조 영채에 날 알아본 사람이 있었다면 내 신분이 진즉에 밝혀졌겠지.'

쉬지 않고 머리를 굴리던 도응은 이때 문득 한 가지 생각이 떠올랐다.

'설마……! 설마 도겸이 이 사실을 알고 나를 구하러 출병한 것일까? 아니, 그렇진 않을 거야. 그랬다면 밖이 시끄러웠을 텐데 아무 소리도 들리지 않았잖아?'

이때 팔뚝이 도응의 허벅지만 한 전위가 병사들에게서 도응을 낚아채 손수 끌고 갔다. 꼭 매가 병아리를 낚아채 가는 모습이었다. 느릿느릿한 병사들이 보기 답답해 직접 손을 쓴 것이다. 전위가 조조의 장막을 향해 성큼성큼 걸어가는데 어찌나 빠른지 도응은 넘어지지 않기 위해 반쯤 뛰듯이 따라가야 했다.

아무 생각도 할 수 없었고, 그저 무사하게 해달라고 기도할 뿐이었다.

전위는 한달음에 조조의 막사로 도응을 끌고 가 막사 가운데에 그를 내동댕이쳤다. 그러고는 높이 앉은 조조에게 읍하고 아뢰었다.

"주공, 이자가 바로 유비의 사신입니다."

이리저리 바닥을 구르다 가까스로 정신을 차린 도응이 고개를 들어 보니 양쪽에는 문무백관이 절도 있게 늘어서 있었다.

정중앙에는 흰 깃발이 꽂혀 있었는데 깃발에는 '보구설한(報仇雪恨)' 네 자가 쓰여 있고, 깃발 아래에 한 남자가 서 있었다.

40여 세의 나이. 효복(孝服)을 입은 그는 얼굴이 검고 키가 작아 용모가 보잘것없었다. 하지만 기백은 매우 비범해 보였다. 우뚝 선 모습이 태산(泰山)과 같았고, 뒷짐을 지고 도응을 응시하는 눈빛은 얼음처럼 차갑고 칼날처럼 날카로웠다. 이에 도응은 마음이 조마조마하고 온몸에 난 털이 곤두섰다.

'이 얼굴 검고 키 작은 자가 조조로군. 직접 전위를 보냈다면 작은 일은 아닐 텐데……'

"네놈의 이름은 무엇이냐? 그리고 무슨 신분이지?"

침묵을 지키던 조조가 마침내 입을 열었다. 그는 냉랭하게 도응을 바라보았다.

'왜 내 이름과 신분을 묻는 거지?'

도응은 이마에서 식은땀이 비 오듯 흘렀다. 조조가 자신의 신분을 알아낸 것이 분명했다.

"빨리 대답하지 못할까!"

이번에는 큰소리로 다그치듯 소리쳤다. 그 위엄에 간이 쪼그라들 지경이다.

'제길, 엿 됐군.'

조조에게 자신의 신분이 들킨 상황에서 변명은 아무런 소용도 없다. 외려 그의 화만 더 돋울 뿐이다.

여기까지 생각이 미친 도응은 겨우 몸을 일으킨 가운데서도 허리를 꼿꼿이 세우고 대답했다.

"명공, 소생의 성은 도요, 이름은 응, 자는 명무입니다. 서주목의 둘째 아들로 현재 관직은 없습니다."

"그럼 저놈이 바로……."

여기저기서 웅성거리는 소음으로 장중이 시끄러웠다. 깜짝 놀란 표정을 짓는 자, 만면에 희색을 띤 자는 물론 어떤 이는 이를 박박 갈며 주먹을 꽉 쥐고 소리를 질렀다.

"오라, 원수 놈이 제 발로 걸어 들어왔겠다. 주공, 말장이 이 놈을 갈기갈기 찢어발겨 주공 부친의 원한을 씻겠습니다!"

조조는 손짓으로 부하들을 진정시킨 후 음흉한 눈빛으로 도응을 바라보며 말했다.

"도겸의 둘째 아들은 유약하고 무능하다더니 다 잘못된 소문이었어. 감히 직접 서신을 전하러 우리 진영까지 찾아올 줄이야. 이렇게 대담한 자를 누가 용렬하다고 말한 것일까?"

도응의 이마에서는 식은땀이 뚝뚝 떨어지고 얼굴은 사색이 될 정도로 창백해졌다. 벌벌 떨던 도응이 숨을 고르고 대답했다.

"명공의 칭찬에 소생 몸 둘 바를 모르겠습니다."

조조는 고개를 저으며 마치 쥐를 가지고 노는 고양이처럼 웃으며 말했다.

"네놈은 편지를 전하러 오면서 죽음이 두렵지 않았더냐?"

도응은 솔직하게 대답했다.

"두려웠습니다."

조조는 도응을 찢어죽이고 싶은 충동을 가까스로 억누르며 다시 물었다.

"그래, 두렵다면서 왜 굳이 직접 편지를 전하러 왔느냐?"

도응은 이마뿐 아니라 온몸에서 식은땀이 흘러 옷을 적셨다. 게다가 머릿속이 새하얘져 도무지 어떻게 대답해야 좋을지 몰랐다. 그렇다고 유비와 공을 다투기 위해서라고 말할 수는 없지 않은가?

"왜 아무 대답이 없는 것이냐?"

조조가 추궁했다. 동시에 허리에 찬 보검으로 손을 가져가며 살기를 내뿜었다. 스무 걸음만 다가오면 도응의 몸은 갈기갈기 찢어질 것이다.

'어… 어쩌지?'

도응은 죽음이 눈앞에 다가왔다는 생각이 들자 마음이 황란(慌亂)해지고 두 다리는 주체할 수 없이 떨리기 시작했다.

이 일촉즉발의 위기의 순간에 도응의 머릿속으로 한 사람의 이름이 스쳐 지나갔다. 바로 진림(陳琳)이었다. 그는 훗날 관도

대전(官渡大戰) 때 격문(檄文)을 써서 조조의 조상까지 들먹이며 심하게 욕을 퍼부었지만 전쟁이 끝난 후 조조에게 중용되었다.

지푸라기라도 잡아야 하는 도응으로서는 문재(文才)를 아끼는 조조의 심성에 일말의 희망을 걸어 보기로 했다.

"명공, 도응은 죽음이 두렵지 않습니다. 소생이 서신을 전하러 온 것은……."

도응은 잠시 뜸을 들이더니 거침없이 말을 이어나갔다.

"이름이 장사의 명부에 올랐으니 어찌 사사로운 일을 돌보리오. 이 몸 던져 국난을 구하고 죽음 보기를 고향에 돌아가듯 한다네(名編壯士籍, 不得中顧私. 捐軀赴國難, 視死忽如歸). 도응은 결코 죽음이 두렵지 않습니다!"

방금 그가 읊은 시의 원작자는 따로 있다. 바로 앞에 서 있는 조조의 셋째 아들 조식(曹植)이다. 지금 조식의 나이는 두 살이 채 되지 않았다.

도응이 표절한 천고의 명시에 조조는 입이 쩍 벌어지며 자기도 모르게 좌열의 문관 쪽으로 눈을 돌렸다.

각지에서 그러모은 당대의 명사들 역시 서로 얼굴만 바라보며 놀란 표정으로 그 시를 읊조리고 있었다. 심지어 재주가 뛰어나기로 이름난 곽가, 순유(荀攸)마저도 탄성을 내며 도응의 문재(文才)에 절로 고개를 끄덕였다.

자신의 표절이 먹힌 것을 직감적으로 알 수 있었다. 도응은 내심 고개를 끄덕였다. 워낙에 한시를 좋아하다 보니 진학도 중문학을 택했고, 석사와 박사 과정도 그쪽 분야만 팠다. 이들이 감탄할 만한 시는 머릿속에 차고 넘쳤다.

도응은 조조가 잠시 멈칫한 틈을 타 이 여운을 계속 이어나갔다.

"유현덕이 화친 권유 편지를 썼지만 조공의 하늘같은 위엄에 놀란 서주 군민은 누구도 감히 사신으로 가려 하지 않았습니다. 이 도응도 물론 죽음이 두렵습니다. 다만 서주 군민 덕에 입을 것과 먹을 것을 풍족하게 누린 저로서는 마땅히 그들에게 보답할 의무가 있습니다. 생사의 갈림길에 선 이때, 제가 나서지 않는다면 누가 나서겠습니까?"

조조는 다시 한 번 도응을 응시했다. 도응은 이렇게 말하고 나자 거짓말처럼 두려움이 사라졌다. 초롱초롱한 눈으로 조조를 바라보는 것이 꼭 생사를 초월한 모습 같았다.

잠시 후 조조가 마침내 입을 열었다. 여전히 칼을 들고 냉소를 지었다.

"도겸 같은 늙은이에게 이런 아들이 있었는지 몰랐구나. 하지만 너희 도씨는 내 부친을 죽인 원수다. 네가 혼자서 북 치고 장구 친 건 인정하지만 절대 살아서 돌아갈 생각은 말아라!"

"자고로 죽지 않는 이가 어디 있으리오. 이 마음 후일 역사에 전해지길 바랄 뿐이다(人生自古誰無死, 留取丹心照汗青)."

도응은 후안무치하게 다시 송대 문천상(文天祥)의 시를 표절하고 공손하게 말했다.

"도응이 겁을 먹어 영채에 들어오기 전에 감히 이름을 알리지 못했습니다. 신분이 밝혀진 지금, 목을 베든 삶아 죽이든 명공의 처분에 따르겠습니다. 도응은 죽어도 여한이 없지만 명공께 두 가지 일을 부탁드립니다."

조조는 당돌한 이 청년의 말에 호탕하게 웃음을 내질렀다.

"네 아비는 내 부친을 해한 불구대천의 원수다. 그런데 내게 두 가지 일을 간청한다고? 흠, 좋다. 네 재주가 어느 정도인지 확인하고 결정하겠다!"

도응은 감사를 표하고 생각을 정리한 후 조조에게 몸을 굽혀 말했다.

"저의 죄는 만 번 죽어 마땅합니다. 어찌 감히 명공께 하찮은 목숨을 구걸하겠습니까? 다만 명공께서 서주를 격파한 후 백성의 목숨만은 살려주십시오. 도씨 집안의 죄를 그들에게 옮기지 않는다면 도씨 일가는 달게 죽음을 받겠습니다."

"아니 된다!"

조조는 단칼에 도응의 제안을 거절했다.

"내 이미 부친의 영전에서 서주의 살아 움직이는 것은 모두 절멸하겠다고 맹세했다. 이로써 부친의 혼령을 위로해야 하니 네 간청을 들어줄 수 없다."

"명공—!"

도응은 처량한 목소리로 길게 부르짖었다. 그의 눈에서는 눈물이 글썽거렸다.

조조는 다시 한 번 단호한 목소리로 소리쳤다.

"내 생각은 절대 바뀌지 않을 것이다! 네 두 번째 요청을 들어본 후 네 목을 베어 부친의 원한을 씻겠노라!"

잠깐 동안의 침묵이 흐른 후, 도응은 입술을 떨며 입을 열었다. 그의 목소리는 이미 쉬어 있었다.

"저는 자식 된 자로 부친께 효를 다하지 못했습니다. 이에 저를 서주성 아래까지 압송하여 부친께 머리를 조아리고 사죄할 수 있도록 허락해 주십시오. 그런 다음 달게 죽음을 받겠습니다."

이 말에 조조가 큰소리로 웃었다.

"하하, 너를 서주성 아래까지 압송해 머리를 베라고? 혹시 서주군이 출격해 구해주길 바라는 것이냐?"

도응은 눈물을 흘리며 목이 멘 목소리로 말했다.

"제가 도망갈까 염려되신다면 억지로 요구하진 않겠습니다. 다만 멀리서라도 부친께 절하고 죽을 수 있다면 그것으로 족합니다."

사실 조조는 도응이 달아날 수 없으리란 것을 잘 알고 있었다. 도응을 구하러 서주 군사가 출격한다면, 유비 군대든 도겸의 군대든 무참히 짓밟아주면 그만이었다. 조조는 입술을 실룩거리며 도응을 쳐다봤다.

잠시 생각에 잠겼던 조조가 인심 쓰듯 말했다.

"좋다. 이 청은 들어주겠다. 다만 한 가지 조건이 있다. 이를 완수한다면 너를 서주성으로 끌고 가 네 아비와 마지막 작별의 정을 나눌 수 있도록 해주겠다. 하지만 완수하지 못한다면 네 사지를 절단하고 심장과 간을 꺼내 산 채로 내 부친께 제사 지내리라!"

"무슨 명이든 따르겠습니다."

도응은 몸을 굽혀 대답했지만 마음은 바짝바짝 타들어 갔다. 그 소식이 왜 아직 조조에게 전달되지 않은 거지? 설마 내 기억이 잘못된 걸까?

딴생각에 빠져 있는 도응의 코끝에 차가운 기운이 느껴졌다. 조조는 보검으로 도응의 코를 가리키며 말했다.

"그럼 잘 들어라. 네 뛰어난 말재주로 보아 시가(詩歌)에도 정통할 터. 칠 보를 떼기 전에 시 한 수를 짓는다면 네 간청을 들어주겠다. 하나 만약……."

조조는 여기까지 얘기한 후 장중을 돌아보며 갑자기 목소리를 높였다.

"전위, 조홍(曹洪), 하후돈(夏侯惇), 하후연(夏侯淵)은 들어라. 만약 도응이 칠 보를 걸은 후에도 시를 짓지 못한다면 즉시 그의 사지를 각각 하나씩 자르도록 하라!"

"예, 주공!"

조조군 사 대 맹장은 일제히 대답한 후 검을 뽑아 도응을 에워쌌다. 그 기세가 흉흉하기 그지없었다.

"인재를 시험해 보려는 주공의 마음이 또 동하셨구먼."

곽가와 순유는 흐뭇한 미소를 살짝 지어 보였다. 하지만 곽가는 이내 한숨을 내쉬었다.

"아까운 인재 하나가 또 저세상으로 가게 되었어. 안타깝구나. 도겸의 아들로 태어난 것이 안타까워. 그렇지 않았다면 사귀어 볼 만한 친구였을 텐데."

조조의 말에 도응은 순간 멍해졌다가 곧바로 정신을 차렸다.

'칠보성시(七步成詩)라? 역시 그 아비에 그 아들이로군. 하지만 뭐, 이거야말로 내 전공인데 실력 발휘를 한 번 해볼까나. 그나저나 왜 그 소식은 아직도 조조 군영에 도착하지 않는 거냐고!'

도응의 대꾸가 없자 조조가 다그쳤다.

"가능하겠느냐?"

"그럼 시작하겠습니다."

도웅은 허리를 굽혀 대답한 후 한 걸음을 떼기 무섭게 시를 읊었다.

"해는 산에 기대었다가 사라지고, 황하는 바다에 들어가려 흘러가네. 멀리 천 리 바깥을 더 보려고, 누각 한 층을 또 오르네(白日依山盡, 黃河入海流. 欲窮千里目, 更上一層樓)."

성당(盛唐) 때 시인 왕지환(王之渙)의 '등관작루(登鸛鵲樓)' 다.

"아니, 이렇게 빨리?"

조조는 크게 놀라 하마터면 뒤로 자빠질 뻔했다. 하지만 이내 정신이 돌아와 도웅을 꾸짖었다.

"흥, 이는 네놈이 전에 지어놓은 시가 분명하다. 인정할 수 없다. 내가 부르는 시제(詩題)대로 새로 시를 지어라!"

"그럼 시제를 내려주십시오."

도웅은 순순히 대답했지만 조조의 입에서 과연 무슨 시제가 나올지 몰라 속으로는 잔뜩 긴장했다.

"방금 전 시에서 바다를 언급했고, 서주가 동쪽으로 바다와 인접해 있으니 '해(海)' 를 주제로 시를 지어라!"

"해? 바다라고?"

도웅의 이마는 다시 한 번 땀으로 흠뻑 젖었다. 어찌나 긴장했는지 바다와 관련된 시가 하나도 생각나지 않았다. 조조는 얼른 걸음을 떼라고 다그쳤다.

어쩔 수 없이 걸음을 옮겼지만 머릿속은 더 뒤죽박죽이 되었다.

조조의 맹장들은 입맛을 다시며 마치 먹이를 노리는 맹수처럼 칼을 고쳐 잡고 있었다. 그렇게 다섯 걸음을 뗐을 때, 도응의 뇌리로 바다에 관한 시 한 수가 떠올랐다. 도응은 이 시를 누가 지었는지 생각할 겨를도 없이 일곱 걸음을 내딛기 바로 직전에 시를 완성했다.

"동쪽 갈석산에 올라 푸른 바다 바라보니 강물은 출렁이고 산과 섬이 우뚝 솟아 있네. 수목이 울창하고 온갖 풀들은 무성하며 가을바람 소슬한데 큰 물결이 솟구치네. 갈마드는 해와 달이 그 속에서 나오는 듯 반짝이는 별과 은하가 그 안에서 나오는 듯. 아, 즐거움이 끝이 없도다! 이 마음을 노래하노라(東臨碣石 以觀滄海 水何澹澹 山島竦峙 樹木叢生 百草豊茂 秋風蕭瑟 洪波涌起 日月之行 若出其中 星漢燦爛 若出其裡 幸甚至哉 歌以詠志)."

"헉!"

조조는 놀라 입을 다물지 못했고, 순유는 눈이 동그래졌으며, 곽가는 연신 해대던 기침이 아예 멎어 버렸다. 곽가는 자기도 모르게 벌떡 일어나 박수를 치며 칭찬했다.

"오, 훌륭한 시요! 정말 훌륭한 시구려!"

도응은 곽가에게 허리를 굽혀 감사를 표하고 몰래 한숨을 돌렸다. 그런데 자꾸 찜찜한 기분이 드는 건 어쩔 수 없었다.

'제기랄, 근데 이 시는 누가 지은 거지? 왜 전혀 생각이 나지 않는 거냐고!'

"일월지행, 약출기중. 성한찬란, 약출기리……."

조조는 음미하듯 도응이 지은 절묘한 이 시를 중얼거렸다. 왠지 모르게 이 시구들이 마음에 와 닿고 익숙한 느낌이 들었다. 마치 자신의 시인 것처럼 말이다.

사실 이 시는 이로부터 13년 후 조조가 원소군을 궤멸한 후 허도(許都)로 돌아오는 길에 갈석산에 올라 읊은 시이다.

그러니 마음이 동하는 것은 당연한 일이다. 도응이 만약 13년 후에 환생했다면 진노한 조조의 칼에 목이 달아나지 않았을까.

조조는 이런 인재가 도겸의 아들이라는 사실이 안타까웠다. 하지만 부친을 해한 원수를 살려둘 수는 없는 일. 이에 조조는 인간의 능력으로는 도저히 풀 수 없는 문제를 냈다.

"칠 보만에 시를 짓는 것은 누구나 가능하다. 이번에는 내가 시제를 던지자마자 시를 짓도록 해라."

억지였다.

도응은 억울한 마음이 들었지만 고양이 앞에 쥐인 자신에게는 아무런 선택권이 없었다. 그러면서 마음속으로 얼른 그 소식이 조조 군영에 전달되게 해달라고 기도할 뿐이었다.

조조가 도응을 에워싼 네 장수에게 손짓을 하자 전위 등은 알았다는 듯 고개를 끄덕였다. 도응을 향해 칼을 곧추세운 그들은 명령만 떨어지면 도응의 사지를 절단할 것이다. 준비를 마치자 조조가 크게 소리쳤다.

"시제는 '당금지세(當今之世)' 다. 시작하라!"

'당금지세? 삼국 난세 말인가!'

도응은 속으로 쾌재를 불렀다. 이에 꼭 맞는 시가 생각났기 때문이다. 그는 조조의 말이 떨어지자마자 시를 읊었다.

"관동에 의로운 선비 있어 병사를 일으켜 흉포한 무리를 토벌하네. 처음으로 모여서 회맹하니 마음은 함양에 있었네. 군사가 모여도 힘이 정돈되지 않아 주저하며 뒷걸음쳤네. 세력과 이익이 사람을 다투게 하니 자기들끼리 서로 목숨을 빼앗았지. 갑옷에는 이가 생겨나고 만백성은 죽음에 이르렀네. 백골은 들에 널브러져 있고 천 리 안에 닭 우는 소리 들리지 않누나. 백성은 백에 하나가 남으니 생각할수록 사람의 애간장을 끊는구나(關東有義士, 興兵討群凶. 初期會盟津, 乃心在咸陽. 軍合力不齊, 躊躇而雁行. 勢利使人爭, 嗣還自相戕. 鎧甲生蟣蝨, 萬姓以死亡. 白骨露於野, 千里無鷄鳴. 生民百遺一, 念之斷之腸)."

내용도 내용이지만 절구와 운율이 착착 맞아 돌아간다.

흉중에 있던 자신의 심정을 그대로 읊은 도응의 시작에 조조는 그만 보검을 땅에 떨어뜨렸다. 매 같은 눈매는 경악으로 가득 찼다.

양쪽에 늘어선 문무백관들도 눈만 휘둥그레 뜬 채 입을 다물지 못했다. 눈 깜짝할 사이에 이토록 훌륭한 시를 짓다니. 일세의 천재가 하늘에서 뚝 떨어지기라도 했단 말인가. 게다가 이 시는 조조가 동탁을 토벌하기 위해 18로 제후군을 결성한 업적을 찬양하고 있었다.

순간 좌중이 쥐 죽은 듯 고요해지면서 도응이 조조의 부친을 죽인 원수란 사실을 까맣게 잊게 만들었다.

도응은 소매로 땀을 훔치며 아무도 들리지 않게 중얼거렸다.

"휴, 이 시를 외우고 있어서 천만다행이었지. 그런데 이 시는 또 누가 지은 거지? 긴장을 너무 하니까 아무 생각도 안 나는군."

사실 이 시 역시 조조가 지은 것이다. 초창기 도탄에 빠진 백성을 구하고 한 왕실을 바로 세우겠다는 조조의 비분강개함이 잘 드러나 있다. 역시나 도응이 조금만 늦게 환생했다면 목숨을 부지하지 못했을 시를 읊은 것이다.

도응의 문재에 도취해 아무도 입을 열지 못하고 있던 바로 그때, 적막을 깨는 다급한 소리가 장중을 울렸다.

"급보입니다!"

동아(東阿)에서 온 조조군 전령이 나는 듯이 장막 안으로 들어와 무릎을 꿇고 조조에게 아뢰었다.

"주공, 순욱(荀彧)과 정욱(程昱) 선생이 보낸 서신입니다. 화급을 다투는 일이니 긴히 펼쳐 보십시오!"

순간 조조는 불길한 예감이 들었다. 진중하기로 소문난 그들이 서주 공략의 의미를 모르지 않을 텐데 웬만한 일로 다급히 서신을 보냈을 리 만무했다. 뭔가 일이 터진 게 분명했다. 조조는 즉시 명을 내렸다.

"도응은 내일 처단해도 늦지 않다. 그를 막사에 가두고 잘 감시하도록 하라!"

"예!"

장중에 모인 백관들이 일제히 물러나고 도응도 군사의 손에 이끌려 장막을 나왔다. 이때 도응은 아무도 눈치채지 못하게 미소를 지었다. 그의 입꼬리가 살짝 올라가며 장막 안에서 나올 말들을 떠올렸다.

여포가 연주(兗州)를 습격하고 복양(濮陽)을 점령했으니 조조는 아쉽지만 수중에 거의 넣은 서주를 포기하겠지? 도겸과 유비에게 인심 쓰듯 화친을 제의하고 군사를 돌려 여포를 막으러 갈 거야.

이런 생각이 들자 도응은 안도의 한숨을 내쉬며 가슴을 쓸어내렸다. 하지만 그것도 잠시, 한 가지 풀리지 않는 의문이 도응의 머릿속을 맴돌았다.

'그런데 내 신분이 어떻게 들통 난 거지? 전에 도응은 집에

만 틀어박혀 있어서 조조군 세작에게 들켰을 리 없을 테고. 또 조조군 진영에서도 날 알아보는 자가 아무도 없었는데 말이야. 그렇다고 도겸이 날 구하겠다고 이리로 쳐들어온 것도 아닌데… 도대체 조조가 내 신분을 어떻게 알아냈을까?'

도응은 이후 자신에게 어떤 일이 닥칠지도 모른 채 막사에 홀로 앉아 이유를 찾으려고 골몰했다.

第三章

기름 솥에 뛰어들다

조조는 순욱이 보낸 전갈을 받고 가슴이 덜컹 내려앉았다. 아무리 마음을 진정시키려 해도 가슴이 벌렁거리고 식은땀이 줄줄 흘러내렸다.

전신(戰神) 여포가 자신의 앙숙인 진궁(陳宮)의 부추김으로 연주로 출격해 조인(曹仁)을 연파하고 전략 요충지인 복양성을 점령한 것은 물론 연주의 거개 성지를 손에 넣었다니!

조조의 근거지인 연주는 지금 견성, 동아, 범현 세 곳만 가까스로 버티고 있는 상황이라 언제 여포의 손에 떨어질지 몰랐다.

한참 동안 말이 없던 조조가 고개를 들고 탄식했다.

"연주를 잃는다면 나는 돌아갈 곳이 없구나!"

곽가가 단호한 어조로 말했다.

"서주 공격을 멈추고 당장 연주로 군대를 돌려야 합니다. 서주 5군은 전화로 폐허가 되고 원기가 크게 상해 설사 서주를 손에 넣는다 해도 득보다 실이 많습니다. 게다가 공융, 전해, 유비가 버티고 있어서 막상 취하기도 쉽지 않습니다. 머뭇거리다가 이들 5개 세력이 연합해 우리를 협공하는 날에는 정말 갈 곳이 없어집니다."

부친의 복수를 위한 일이긴 했지만 조조는 수중에 거의 들어온 서주를 이대로 포기하기 너무 아까웠다. 하지만 그는 확실히 간웅이었다. 그는 곧 냉정을 되찾고 고개를 끄덕여 곽가의 말에 수긍을 표했다. 이때 순유가 책상에 놓인 유비의 서신을 가리키며 말했다.

"기왕 일이 이리 됐으니 유비에게 선심 쓰는 척하고 물러나시지요."

조조가 긴 눈썹을 날리며 막 대답하려는 순간, 곽가가 갑자기 말을 가로챘다.

"불가합니다, 주공! 그 선심을 절대 유비에게 베풀어서는 안 됩니다."

머쓱해진 조조가 놀란 표정으로 물었다.

"봉효, 그게 무슨 말인가?"

곽가가 진지한 얼굴을 하고 대답했다.

"유비는 효웅이요, 관우, 장비는 만인지적의 맹장입니다. 서주의 포위를 푼 공로를 유비에게 돌린다면 서주 군민은 이에 감읍해 유비를 새로운 부모로 여기고, 도겸도 차후에 우리가 돌아올 것에 대비해 무슨 수를 써서라도 유비를 눌러앉힐 것입니다. 이리하여 유비가 일단 서주에 기반을 잡게 되면 주공 부친의 원수를 갚기란 하늘에 오르는 것만큼 어려워집니다."

조조가 고개를 끄덕여 곽가의 견해에 크게 동의하자 순유도 자신의 생각을 고집하지 않고 다시 건의했다.

"그렇다면 당장 도응이란 자의 목을 베어 태공께 제사를 올리고 신속히 서주를 떠나면 어떨까요?"

"그것 역시 불가합니다!"

오늘 곽가는 마치 순유의 말에 반대하기로 작정한 듯 다시 한 번 그의 말을 가로막았다.

"도응을 절대 죽여서는 안 됩니다. 오히려 서주의 포위를 풀고 백성을 구한 대공을 모두 그에게 돌려야 합니다."

순유가 깜짝 놀라며 물었다.

"봉효, 그건 또 무슨 엉뚱한 말이오? 도응은 주공 부친을 해한 도겸의 아들입니다. 그자가 제 발로 죽을 길을 찾아왔는데 풀어주다니요?"

순간 곽가의 얼굴에 미소가 걸리며 물었다.

"지금 도응은 주공께 꽤 쓸모가 있는 인질입니다. 공달(公達), 도응의 신분을 알려준 전서(箭書)를 서주성에서 누가 쐈다고 생각하십니까?"

공달은 순유의 자다. 순유의 표정이 멍해지더니 그제야 그 일이 퍼뜩 머리에 들어왔다. 순유가 손바닥을 치며 말했다.

"설마 유비가……."

곽가는 확신에 찬 목소리로 대답했다.

"유비는 아닐 것입니다. 서주성에 방금 들어간 유비가 그런 모험을 했을 리는 없죠. 하지만 서주성의 누군가 유비의 지시를 받고 쏜 것은 확실합니다."

둘의 대화를 가만히 듣고 있던 조조가 책상을 치며 말했다.

"옳은 말이다. 내가 도응을 죽이면 도겸은 나에 대한 원한이 더욱 깊어져 필시 유비에게 의지할 것이다. 이로써 유비는 서주에서 입지가 확고해지고 나아가 서주의 대권을 장악하려들 것이야!"

"한 가지 가능성이 더 있습죠. 도겸은 연로한데다 몸도 성치 않은데 사랑하는 자식의 부음을 듣는다면 병세가 더 심각해질 테고, 도겸의 생사와 관계없이 유비가 그 가운데서 어부지리를 취할 것은 불을 보듯 뻔합니다."

조조가 세모눈을 찡그리며 물었다.

"서주의 포위를 푼 공을 도응에게 돌리려는 건 도응 부자와 유비를 이간질하려는 계책인가?"

곽가가 고개를 끄덕였다.

"바로 그렇습니다. 서주의 포위를 푼 공이 도응에게 돌아가면 서주 군민은 유비가 아니라 도응 부자에게 감사하는 마음을 가지게 됩니다. 이리 되면 서주에 머물 명분이 사라진 유비 형제는 성을 떠날 수밖에 없습니다. 그때 주공께서 다시 서주를 침공한다면 서주성을 얻기는 손바닥을 뒤집는 것보다 쉬워집니다."

이 말에 조조는 자리에서 벌떡 일어나 뒷짐을 지고 장중을 하염없이 맴돌았다. 부친의 복수와 이해득실을 놓고 고민하는 모습이 역력했다. 곽가의 시선이 조조의 움직임을 따라 요동치다가 차분하게 말했다.

"저 또한 부친을 해한 원수와 같은 하늘을 이고 살 수 없다는 것을 잘 압니다. 하지만 유비는 난세의 효웅입니다. 문무를 겸비한 데다 사람 마음을 구슬리는 데 능한 그가 서주에 안착한다면 서주를 다시 빼앗으려고 할 때 큰 대가를 치러야 할 것입니다. 반면 도씨 부자는 다릅니다. 도겸은 연로하고 병약하며 그의 장자인 도상은 유약하고 무능합니다. 차자인 도응이 시문에 능하다고는 하나 필부지용만 있을 뿐 계략과 지모가 없으니 유비보다는 대적하기가 훨씬 쉽습니다."

이에 조조가 갑자기 발걸음을 멈추고 곽가를 돌아보며 섬뜩한 웃음을 지었다.

"좋다. 도응을 풀어줄 때 그 전서를 그에게 건네면 도겸과 유비가 서로 의심하며 물고 뜯을 것이야!"

하지만 곽가는 여우같은 도겸이 이 전서 하나로 유비를 의심할 리 없다는 사실을 이미 짐작하고 있었다. 이에 조조에게 한 가지 기발한 계책을 올렸다.

"제 생각에 순순히 도응을 풀어주는 건 왠지 아쉬운 구석이 있습니다. 이 계책 하나면 도응을 서주의 떠오르는 영웅으로 만들고, 유비를 서주에서 발붙이지 못하게 만들 수 있습니다."

조조가 크게 기뻐하며 급히 물었다.

"봉효, 무슨 묘책인가? 얼른 말해보게나. 서주에서 도응의 명망이 높아지면 다음 번 서주를 취하기도 쉬워질 것이야!"

* * *

잠시 후 한바탕 소란이 일던 조조 군영이 조용해졌다. 짐을 모두 정리한 조조의 각 부대가 총출동하여 대영 문밖에 도열해 섰다.

조조는 친히 말에 올라 수만 군사를 이끌고 서주성 북문을 향해 내달렸다. 우리의 불쌍한 도응은 양손이 포박당한 채 조조군에게 질질 끌려갔다.

조조군이 총출동하자 서주성의 방어도 자연히 강화되었다. 조표, 조굉, 도기는 군대를 이끌고 성에 올라 전투태세를 갖추었다.

입성한 지 반나절도 되지 않은 유비 역시 대오를 거느리고 성벽에 올랐다. 여기에 자원한 서주 백성들까지 돌과 나무 및 무기를 나르며 수성에 힘을 보탰다.

도겸이 시종의 부축을 받아 성에 올랐을 때, 조조 대군은 이미 서주성 북문 밖 너른 들에 진을 친 상태였다. 긴 방패를 앞에 세우고 강궁은 뒤에 숨겨놓았으며 기병의 돌격을 막는 녹각 차단물까지 세워두었다. 왠지 방어에 더욱 신경을 쓴 진용처럼 보였다.

그런데 이때 도겸과 유비 등의 눈에 기이한 장면 하나가 들어왔다. 조조 군사들이 큰 부뚜막을 만들고 부뚜막 아래에 불을 지피더니 그 위에 큰 솥을 걸어놓는 것이 아닌가.

조조 군사가 솥에 기름을 부을 때, 도겸 등은 조조의 악랄한 의도를 알아챘다. 사악하고 잔인한 조조가 만인이 보는 앞에서 도응을 튀겨 죽일 심산이었던 것이다!

도겸의 얼굴은 사색이 되고 두 눈에서는 굵은 눈물이 뚝뚝 흘러내렸다. 유비가 분노에 치를 떨며 크게 소리쳤다.

"도 사군, 당장 성문을 열라 명하십시오. 이 유비가 성을 나가 이공자를 구해 오겠습니다!"

장비 역시 커질 대로 커진 고리눈에서 분노의 빛을 발하며 벽력같은 소리로 외쳤다.

"조적 놈아, 어린아이를 괴롭히는 것이 무슨 재주란 말이냐? 자신 있으면 나와서 이 장비와 삼백 합을 겨뤄보자!"

하지만 도겸은 쉽게 결정을 내리지 못했다. 당연히 자식이 조조의 손에 죽는 것을 바라지는 않지만 그는 상황을 냉철히 파악하고 있었다.

유비의 2~3천 병사와 서주성의 패잔병으로 호랑이 같은 조조군과 싸워 아들을 구하기란 하늘의 별 따기 만큼 어렵다는 것을 말이다.

그렇다고 구하지 않자니 사랑하는 아들이 기름에 튀겨지는 것을 두 눈으로 봐야 하지 않는가!

이때 도응이 긴 도포를 질질 끌며 진영 앞으로 나오더니 기름 솥 옆으로 끌려갔다. 동시에 흰색 효복을 입은 조조가 군사들 틈에서 앞으로 나와 채찍으로 서주성을 가리키며 크게 소리쳤다.

"도겸 늙은이는 어서 나와 나를 맞으라!"

도겸은 눈물범벅이 된 얼굴로 성가퀴까지 나와 힘겹게 대답했다.

"명공, 도겸이 여기 있소."

조조는 채찍을 크게 휘두르며 냉랭한 목소리로 소리쳤다.

"필부 놈이 훌륭한 아들을 두었더구나! 감히 신분을 속이고 서신을 전한다는 핑계로 내 군영에 침입해 군정을 밀탐하러 오다니! 신분이 들킨 후에도 서주 백성을 위해 기꺼이 자신의 목숨과 나의 퇴병을 맞바꾸자고 제안할 만큼 대담하기 그지없는 자로다!"

서주성 안에 있던 문무백관과 백성들은 도응의 의연한 태도에 깜짝 놀라지 않는 자가 없었다. 오직 유비만이 마음속으로 몰래 미소 지으며 도응을 비웃었다.

'자중의 말이 허언이 아니었어. 도겸의 아들놈은 어리석기가 개돼지와 같구나.'

도겸이 한바탕 통곡한 후 조조에게 허리를 굽혀 읍하며 말했다.

"자식 놈이 무지하여 허풍을 떤 것이니 명공께 용서를 구합니다. 겸이 하늘에 죄를 얻어 서주에 대난이 닥친 일로 일찌감치 죽을 마음을 먹었습니다. 바라옵건대 견자와 서주 백성을 용서하시고 노부를 데려가 주십시오."

"하하하!"

광소(狂笑)를 날리던 조조의 표정이 갑자기 굳어지더니 채찍으로 도겸을 가리키며 꾸짖었다.

"필부 놈은 허튼 수작하지 마라! 진정 서주를 위해 죽고자 했다면 왜 일찍 자진하지 않고 네 아들놈이 잡힐 때까지 기다렸단 말이냐! 오늘 널 죽이지 않고 네 아들놈을 먼저 죽이겠다!"

도겸은 슬픔에 목이 메어 말이 제대로 나오지 않았다.

"명공……."

조조는 아랑곳하지 않고 큰소리로 외쳤다.

"필부는 잘 들어라! 내 오늘 죽음이 무서워 벌벌 떠는 네놈 부자의 위선을 낱낱이 밝혀 주리라! 네 아들 도응이 자신의 목숨과 나의 퇴병을 맞바꾸자고 했으니 지금 도응이 펄펄 끓는 기름 솥에 뛰어든다면 내 당장 군사를 물리겠다. 이는 절대 식언이 아니다. 하지만 내 아들놈이 감히 하지 못한다면 그의 사지를 절단하고 산 채로 심장과 간을 꺼낸 후 군사를 몰아 성을 공격할 것이다!"

"명공―!"

"아우―!"

"형님―!"

도겸의 찢어지는 목소리가 비참하게 울려 퍼졌고, 도상과 도기 형제도 동시에 울부짖었다. 하지만 조조는 이 절규를 뒤로하고 말을 돌려 진영으로 돌아갔다.

서주성 안에서는 사람 소리로 요란했다. 실성해 울부짖는 자도 있었고, 이를 바득바득 가는 자도 있었으며, 혹은 만면에 회색을 띠고 도웅이 끓는 기름 솥에 들어가 조조가 퇴병하길 바라는 자도 있었다.

이때 유비가 가는 눈을 길게 뜨고 소리쳤다.

"도 공, 속히 성문을 열어주십시오. 이 비가 공자를 구해 오겠습니다!"

진짜인지 모르겠지만 유비의 표정에는 분노가 가득 넘쳤다. 관우, 장비, 조운 역시 성을 나가 도웅을 구하겠다며 출정을 자원했다.

조조 뒤를 따르던 전위가 몸을 돌려 장비에 뒤지지 않는 우렁찬 목소리로 외쳤다.

"성안의 있는 자들은 잘 들으시오. 누구 하나 한 발짝이라도 성을 나온다면 당장 도웅의 목을 벨 것이오!"

이 말에 유비와 수하 장수들은 갑자기 말문이 막히며 어찌해야 좋을지 몰랐다.

기름 솥 곁으로 끌려간 도웅은 조조의 말을 듣자 곱상한 얼굴이 죽은 사람보다 더 하얘지고 머릿속에는 오직 한 가지 생각밖에 들지 않았다.

'엿 됐군. 아무리 간사한 놈이기로서니 이렇게 극랄한 방법을 생각해 내다니. 나를 기름에 튀겨 죽이고 퇴병의 명분을 얻어 연주를 구하러 갈 생각이야. 이제 어쩌지?'

조조가 큰 소리로 웃으며 도응 곁으로 다가와 그를 채찍으로 가리키며 말했다.

"국난을 구하고 죽음 보기를 고향에 돌아가듯 한다던 어린 놈아! 몸을 바칠 기회가 왔다. 방금 말한 대로 네놈이 기름 솥에 뛰어들면 나는 당장 퇴병하겠다. 절대 식언이 아니다!"

곽가도 기침을 하며 앞으로 나와 도응을 보고 웃으며 말했다.

"도 공자, '자고로 죽지 않는 이가 어디 있으리오. 이 마음 후일 역사에 전해지길 바랄 뿐이다' 는 정말 명구입니다. 도 공자가 이 말을 진정으로 실천하는지 이 곽가가 똑똑히 지켜보리다."

도응은 속으로 이를 갈며 곽가를 쳐다보았다. 다시 고개를 돌려 펄펄 끓는 솥을 바라보는 순간, 도응은 다리의 힘이 쫙 빠졌다. 맙소사, 기름은 어찌 이리 팔팔 끓는 것이냐!

"풀어주어라!"

조조는 도응을 지키던 병사에게 명을 내렸다. 그러고는 다시 도응을 바라보고 말했다.

"자, 선택해라. 네 목숨이냐 아니면 서주 백성의 목숨이냐?"

도응의 얼굴은 흙빛으로 변했다. 농담하느냐는 말이 입술까지 나왔다가 쏙 들어갔다. 하, 결국 기름 솥에 뛰어들게 생겼구나!

이때 곽가가 빙그레 웃으며 조조에게 말했다.

"주공, 이공자를 시험할 마음이시라면 신이 제안 하나를 하겠습니다. 도 공자가 무서워 뛰어들지 못하겠다면 그를 서주성으로 돌려보낸 후 군사를 몰아 성을 공격해 서주 군민을 몰살하는 겁니다. 예정대로 도 공자가 기름 솥에 뛰어든다면 언약을 지켜 군사를 물리시면 됩니다."

"오, 그것 참 묘안이로다!"

조조는 손뼉을 치며 옳다고 외친 후 곁에 있던 전위에게 눈짓을 보냈다. 전위는 조조의 뜻을 알아채고 즉시 말을 몰아 서주성 가까이 다가가 조조가 내건 새 조건을 알렸다.

고양이 쥐 생각하는 이 조건을 듣고 성 위에 있던 도겸 부자는 크게 통곡하며 어찌해야 좋을지 몰라 했다. 서주 군민들도 서로 의견이 갈리며 이런저런 말들이 중구난방으로 흘러 나왔다.

조조는 도웅을 바라보며 흉악한 웃음을 지어 보였다.

"그래, 내 새 조건은 들었느냐? 죽음이 두렵다면 당장 가도 좋다. 잠시 너를 살려두겠다."

도웅은 조조가 내건 조건을 들었을 때, 이게 웬 횡재냐며 뒤로 돌아보지 않고 도망갈 마음을 먹었다.

그런데 막 발걸음을 떼려는 순간 공기 중에 이상한 냄새가 나는 것이 느껴졌다.

자세히 냄새를 맡아 보니 이는 다름 아닌 펄펄 끓는 기름 솥에서 풍겨 나오는 짙은 초 냄새였다.

'기름 솥에서 왜 식초 냄새가 나는 거지? 어떤 멍청한 놈이 식초 단지를 잘못 갖다놓은 거 아냐?'

신 냄새의 정체를 알아챈 도응은 의아한 생각이 들었다. 그 순간 갑자기 섬광처럼 한 가지 생각이 그의 머릿속을 스쳐 지나갔다.

'방금 전 내 목숨과 서주 군민의 목숨을 바꾸자고 했을 때는 무 자르듯 거절했는데, 왜 지금은 조조의 생각이 바뀐 거지? 명령이 이렇게 조변석개하면 군심에도 영향이 있을 텐데 말이야. 게다가 조조 휘하의 누구도 이에 이의를 제기하는 사람이 없고. 방금 전에 한 말을 다 잊은 걸까? 아냐, 절대 그럴 리 없어.'

도응이 잠시 멈칫하자 조조는 입을 도응의 귀에 갖다 대고 음흉한 목소리로 말했다.

"왜 멍청히 서 있는 것이냐? 네 목숨이 먼저냐 아니면 서주 백성의 목숨이 먼저냐?"

곽가까지 빙그레 웃으며 조조를 거들었다.

"도 공자, 제 목숨 아끼는 건 인지상정입니다. 방금 전에 한 말들이 다 마음에서 우러나오지 않았다, 서주 백성을 위해 희생하고 싶지 않다고 생각되시면 당장 출발하십시오."

도응은 조조와 곽가의 재촉이 이해가 가지 않았다. 그는 도망갈 마음을 잠시 거두고 시선을 펄펄 끓는 쇠솥으로 돌렸다.

기름이 펄펄 끓고 있는 솥에서 코를 자극하는 오리기름 냄새와 식초 냄새가 난다?

도응은 이를 자세히 들여다보다가 이상한 점 하나를 발견했다. 쇠솥 위로 올라오는 것은 기름이 비등할 때 나는 푸른 연기가 아니라 뭉게뭉게 피는 흰색 수증기였다.

'한 번 더 도박을 해봐?'

도응은 마음속으로 갈등하기 시작했다.

'내가 이겨서 얻는 이득은 상상할 수 없을 만큼 엄청나다. 하지만 진다면… 역사에 길이 남을 인간튀김이 된다고. 휴, 모험을 걸어? 말아?'

이때 저 멀리 서주성에서 호랑이 같은 고함 소리가 들려왔다. 물론 장비의 목소리다. 반 리나 떨어진 거리지만 꼭 옆에서 지르는 것처럼 똑똑히 들렸다.

"도 공자, 돌아오시오! 내게 빚진 술 열 독을 아직 갚지 않았잖소? 이 장비가 죽음을 불허하오! 조적 놈에게 속지 말고 속히 이 장비에게 돌아오시오!"

점잖아 보이는 유비의 목소리도 결코 작지 않았다.

"공자, 돌아오시오! 이 비가 맹세코 죽음으로 그대를 지켜주리다!"

유비의 이 말은 진심일 것이다. 내가 정말로 기름 솥에 뛰어들고 조조가 약속을 지켜 철군한다면 서주의 민심은 도겸 부자에게 돌아가, 유비가 이를 되돌리려면 많은 대가와 노력을 치러야 할 테니까 말이다.

"공자, 얼른 돌아오시오!"

관우와 조운도 연이어 도웅에게 돌아오라고 외쳤다. 그들은 조조나 유비처럼 능구렁이를 가슴에 가지고 있지 않다. 홀로 적진에 뛰어든 도웅의 대담한 용기에 탄복해 그가 죽는 걸 차마 눈 뜨고 볼 수 없어서였다.

"아우, 돌아와라! 제발!"

"형님, 빨리 돌아오십시오!"

도상과 도기도 눈물을 뿌리며 간절한 목소리로 도웅을 불렀다.

하지만 도겸은 묵묵히 침묵을 지켰다. 그가 일단 돌아오라고 외치면 서주의 민심은 도씨 부자에게서 영원히 떠날 것임을 알았기 때문이다.

그래서 도겸은 눈물을 줄줄 흘리는 것 외에 아무것도 할 수 없었다.

서주 군민의 생각도 제각각이었다.

통곡하다 실성한 자도 있고, 진심으로 도웅에게 돌아오라고 외치는 자도 있었으며, 이 기회에 도겸의 눈에 들려고 짐짓 고함을 지르는 자도 있었다.

그러나 대다수는 주저할 뿐 마음을 정하지 못했다. 그들은 도응이 튀겨 죽길 바라지 않으면서도 그가 서주를 위해 희생해 주길 기대하는 모순된 생각을 품었다.

도응의 이마에는 땀방울이 맺히고 얼굴 근육은 시시각각 실룩거렸다. 어떤 결정이 최선일까? 성에서 외치는 소리도, 조조의 재촉도 귀에 전혀 들어오지 않았다. 곽가가 그의 곁에 다가왔는데도 이를 전혀 감지하지 못했다. 곽가가 그의 어깨를 두드려 주자 그때서야 도응은 정신이 돌아와 고개를 돌려 곽가를 쳐다보았다.

들은 바대로 귀재(鬼才) 곽가는 조조가 가장 아끼는 모사란 칭호에 부끄럽지 않았다. 수려한 미목(眉目)과 붉은 입술, 흰 치아. 준수한 용모는 손색이 없었다. 하지만 지금 그의 얼굴은 악마로밖에 보이지 않았다. 그가 도응의 어깨를 두드리며 말했다.

"공자, 개똥밭에 굴러도 이승이 좋은 법이오. 우리 주공께 말만 번지르르할 뿐 생을 탐하는 소인임을 인정하고 돌아가는 것이 어떻소?"

도응은 곽가를 힐끗 쳐다보고 아무 말도 하지 않은 채 머릿속으로 재빨리 주판알을 튕겼다. 옆에 있던 조조가 답답한 듯 도응을 재촉했다.

"대체 뛰어들 것이냐 말 것이냐? 내 셋을 세겠다. 그때도 결단을 내리지 않으면 널 기름 솥에 던져 버리겠다! 하나!"

이 말에도 도응은 꿈쩍하지 않았다. 조조 역시 말은 그렇게 했지만 더 이상 재촉하지 않고 채찍을 어루만지며 여유롭게 도응의 선택을 기다렸다.

사실 조조는 도응이 어떤 선택을 하든 상관없었다. 만약 도응이 달아난다면 미리 준비해 둔 도부수에게 명해 그의 목을 벤 후, 전서를 화살에 매달아 서주성으로 날리면 그만이다. 도겸은 분명 유비를 의심할 테고, 그러면 그 둘 사이를 이간질하는 효과를 거둘 수가 있다.

조조가 곽가의 제안을 받아들인 이유는 인재를 목숨처럼 아끼는 조조가 도응의 재주에 홀딱 반했기 때문이다. 그래서 도응에게 기회를 주기로 결정한 것이다.

그러나 조조가 원한 것은 시가나 지을 줄 아는 문인 도응이 아니라 효웅 유비를 견제할 수 있는 기백 넘치는 도응이었다.

"둘!"

서주성 안의 군민과 유비 등은 더욱 목소리를 높여 도응에게 돌아오라고 재촉했다. 도겸은 억장이 무너지는 느낌이 들었다.

사시나무 떨 듯 떠는 도응의 등줄기로 식은땀이 타고 흘렀다.

곽가는 사람 기분도 모르고 웃음을 띠며 다시 한 번 도응을 재촉했다.

"죽음이 두렵지 않습니까? 주저하지 말고 가시지오. 아리따운 처첩과 부귀영화가 그대를 기다리고 있습니다."

조조도 채찍을 장난감 가지고 놀 듯 돌리며 냉소를 보냈다.

"내 곧 셋을 셀 것이다. 죽음이 두렵고 서주 백성을 위해 희생하지 못하겠다고 인정하면 당장 너를 풀어주겠다."

도응은 하얗게 질린 입술을 질끈 깨물었다. 그리고 마침내 쉰 목소리로 입을 열었다.

"명공, 봉효 선생, 그대들의 말이 맞습니다. 미물은 목숨을 탐합니다……."

도응은 여기까지 말하고는 뭔가 결심이 섰다는 듯 목소리가 한층 더 높아졌다.

"하지만 전… 미물이 아닙니다!"

이 말에 조조와 곽가의 눈이 반짝이더니 서로 암묵의 눈빛을 교환했다. 곽가가 다시 미소를 띠며 말했다.

"도 공자, 생각을 정한 겁니까? 이건 기름 솥이지 목욕용 욕통이 아닙니다."

도응은 들은 체도 않고 저벅저벅 펄펄 끓는 기름 솥을 향해 걸어갔다.

이를 본 조조 군영과 서주성에서 동시에 놀라는 소리가 흘러나왔다. 조조 장사들은 도응의 용기에 찬사를 보내며 당장 기름 솥에 뛰어들라고 부추겼다. 반면 서주성에서는 곡소리가 사방에서 울려 퍼졌다. 도겸과 도상은 그 자리에서 혼절했고, 도기는 피까지 토하며 울부짖었다.

한편 유비는 일이 심상치 않게 돌아가자 마음이 다급해져 괴성을 연발했다.

"공자, 아니 되오! 아니 돼! 아니 된다고……."

솥 앞까지 걸어간 도응은 펄펄 끓는 기름을 응시한 뒤 하늘을 우러러 길게 탄식했다.

"나는 목에 칼이 들어와도 하늘을 향해 웃겠노라. 높고 큰 곤륜 같은 간담을 남기고 가기 때문이다(我自橫刀向天笑, 去留肝膽兩崑崙)! 명공, 말에는 신용이 있어야 합니다!"

담사동(譚嗣同)의 절명시(絶命詩)는 그가 가는 마지막 길과 꼭 부합했다. 갑자기 조조 군영이 숙연해지며 그의 의기를 찬양하는 탄성이 여기저기 흘러나왔다.

저 멀리 서주성에서 들려오는 만류의 외침 소리, 절규와 완연히 대조를 이뤘다.

"만 년을 사는 사람이 천하에 어디 있으리오! 원통하게 사느니 차라리 죽음을 택하겠다!"

도응은 입술을 깨물고 절치부심한 외침을 토한 후 서주성을 향해 있는 힘껏 소리쳤다.

"아버지, 불효자를 용서하십시오!"

그러고는 눈을 질끈 감고 이빨을 꽉 깨물고서 펄펄 끓는 기름 솥에 몸을 던졌다!

기름이 사방으로 비산하자 서주성에서는 외마디 비명 소리가 합창을 하듯 터져 나왔다. 이 광경을 눈앞에서 지켜본 조조 군사들은 아예 입을 다물지 못했다.

조조는 잠시 흐뭇한 표정을 짓더니 자기 대군을 향해 채찍을 들고 소리쳤다.

"아들을 낳으려면 도명무 같은 아들을 낳아야 한다. 영채를 거두고 전원 철수한다!"

잘 훈련된 조조 대군은 일사분란하게 전장을 떠나기 시작했다.

서주성은 할 말을 잃은 듯 잠시 고요가 흐르더니 누구랄 것도 없이 눈물을 뿌리며 공자의 이름을 불러댔다.

혼절에서 깨어났던 도겸은 다시 쓰러졌고, 진규 부자는 말문이 막혀 아무 말도 하지 못했다. 한편 미방은 짐짓 우는 체하며 몰래 미소를 띠었고, 미축은 이공자를 몰라본 자신의 무지를 탄식했다.

도응이 기름 솥으로 뛰어드는 순간, 유비는 절망했다. 서주 백성은 이제 도씨 부자를 버릴 수 없게 되었다. 서주를 차지하려는 꿈이 산산이 무너지자 절망한 유비는 이를 바드득 갈고 두 눈에서 불이 났다.

당장에라도 기름 솥으로 달려가 도응을 꺼내 제 손으로 갈기갈기 찢어 죽이고 싶은 마음이 간절했다.

그런데 그 순간 유비의 가는 눈이 더 이상 커질 수 없을 정도로 동그래졌고, 눈알은 당장에라도 튀어나올 장면이 펼쳐졌다.

서주성 군사 몇 명이 귀신에라도 홀린 듯 소리를 질렀다.

"저기… 저기… 다들 저기 보라고! 이공자가 나왔어, 이공자가 기름 솥에서 나왔다고!"

슬픔에 잠겨 있던 장사들은 이 말을 듣고 자신의 귀를 의심했다.

그게 어떻게 가능하단 말인가? 그런데 정말로 기적이 일어났다. 도응이 진짜 온몸에 기름을 두른 채 밖으로 몸을 내밀었다.

도응은 기름으로 펄펄 끓던 솥에서 걸어 나와 당당하게 사람들 앞에 선 것이다!

이어서 경천동지할 환호성이 서주성 상공을 뒤덮었다. 서주성 군민은 기쁜 나머지 함성을 지르고 펄쩍펄쩍 뛰며 서로를 껴안고 눈물을 흘렸다. 공자님이 다시 우리 곁으로 돌아올 수 있게 됐다고!

이 와중에 유비 혼자만 얼굴이 잿빛이 되어 이게 어떻게 가능한 일이냐며 중얼거렸다.

두 눈을 질끈 감고 있던 도응은 쏟아지려는 눈물을 억지로 참았다.

머릿속에서는 오직 한 가지 생각뿐이었다.

'내가 이겼어, 이겼다고! 역시 식초를 넣은 기름이었어!'

"공자!"

곽가의 소리가 도응의 귀에 울린 데 이어 어떤 자가 수건으로 기름 범벅인 도응의 얼굴을 닦아주었다. 도응은 다시 눈을 떴을 때, 천사 같은 미소를 짓고 자신 앞에 서 있는 곽가를 발견했다.

곽가는 양손을 가지런히 모으고 허리를 깊이 굽혀 도응에게 존경의 뜻을 표했다.

"도 공자, 이 곽가는 평생 두 분만 따를 것입니다. 첫째는 우리 주공이고, 다음은 공자입니다. 곽가는 공자께 진심으로 탄복했습니다."

망연자실한 표정을 짓던 도응은 한참만에야 고개를 갸웃하며 물었다.

"봉효 선생, 내가… 어떻게 죽지 않고 살아 있는 것이오?"

곽가는 대답 대신 반문했다.

"공자는 기름 솥에서 동전을 꺼내는 도법을 들어보지 못했습니까?"

"네? 기름 솥에서 동전을 꺼내는 도법이요?"

도응은 생전 처음 듣는 말에 도무지 무슨 소린지 이해가 가지 않아 놀란 표정을 지었다.

곽가는 도응을 한참 동안 응시했다. 그의 놀란 표정으로 봐서는 응석받이로 자란 도응이 강호의 도사들이 사람을 속을 때 사용하는 이 술법을 모르는 것이 확실했다.

그는 다시 한 번 백성을 위해 희생한 도응을 진정한 남아로 여겼다.

곽가는 살짝 고개를 끄덕인 후 품에서 글이 적힌 비단을 꺼내 도응에게 건넸다.

무심코 이를 건네받은 도응은 비단에 적힌 글자를 보고 이마의 핏줄에 솟았다. 그는 마침내 자신의 신분이 발각된 이유를 알게 되었다.

비단에는 이렇게 적혀 있었다.

귀 군영에 서신을 전하러 간 자는 도겸의 둘째 아들이오!

도응은 이를 바득 갈며 곽가에게 물었다.

"이 물건은 어디서 났습니까?"

"서주성에서 쏜 것입니다. 다만 누가 쐈는지는 곽가도 모릅니다."

곽가는 웃으며 대답하고는 그 비단을 도응의 품안에 넣어주며 말했다.

"물증을 공자께 드리니 성에 돌아가면 꼭 범인을 밝히십시오."

도응은 고개를 끄덕이며 꼭 그러리라고 마음먹었다. 그런데 갑자기 이상한 생각이 들어 물었다.

"곽가 선생, 절 살려주시는 겁니까?"

옆에 있던 조조가 담담하게 말했다.

"내가 말하지 않았느냐? 네가 기름 솥에 뛰어들면 서주 군민을 살려주겠다고. 너도 서주 사람이니 당연히 그 안에 포함된다."

도응은 놀람과 기쁨이 교차하며 재차 확인했다.

"명공, 진심이십니까?"

도응이 자꾸 의심하는 통에 짜증이 난 조조는 얼굴에 노기를 띠었다. 그러자 곽가가 나섰다.

"공자는 마음 놓으십시오. 우리 주공의 말은 구정(九鼎)처럼 무거워서 약속은 꼭 지키십니다."

도응은 기쁨에 겨워 저도 모르게 뜨거운 눈물이 흘렀다.

조조가 흐뭇한 미소를 지으며 말했다.

"도 공자, 죽었다가 다시 살아났으니 시를 한 수 읊어주겠나? 그대의 시는 백번 들어도 싫증이 나지 않으이."

지옥과 천당을 왔다 갔다 하느라 머리가 하얘진 도응은 아무리 생각해도 격에 맞는 시가 떠오르지 않았다. 이에 하는 수 없이 공손히 대답했다.

"명공, 용서하십시오. 응이 지금 마음이 몹시 어수선하여 시가 나오지 않습니다."

조조는 크게 아쉬워하며 탄식했다.

"나는 목에 칼이 들어와도 하늘을 향해 웃겠노라. 높고 큰 곤륜 같은 간담을 남기고 가기 때문이다! 이처럼 호매(豪邁)하고 아름다운 시가 어디 있단 말인가!"

조조는 곧장 말을 돌려 북쪽으로 향하며 뒤도 돌아보지 않고 말했다.

"도응아, 내 반드시 너를 다시 찾을 것이다. 그때는 꼭 나를 기쁘게 해주길 바란다!"

"곽가도 이만 가보겠습니다. 다음에 꼭 다시 만납시다."

그러고는 말을 몰아 조조의 뒤를 따랐다. 조조군이 차례로 그 뒤를 따르고 도응만 기름 솥 곁에 멍하니 서 있었다.

조조는 한참을 달리다가 뒤를 돌아보니 넋이 빠진 도응이 기름 솥 옆에 꼼짝 않고 있었다. 꼭 사지에서 다시 살아난 기쁨을 향유하는 모습 같았다.

조조는 살며시 미소를 짓고 중얼거렸다.

"나를 절대 실망시키지 말아라. 내 대신 유비를 견제해 호랑이새끼의 싹을 밟아주어라."

곽가 역시 고개를 돌려 도응을 바라보며 흐뭇한 표정으로 중얼거렸다.

"도 공자, 이번에 인재를 목숨처럼 아끼는 우리 주공을 만난 걸 다행으로 아시게. 주공의 배려로 서주의 인심이 모두 그대에게 돌아갔으니 반드시 성장한 모습을 보여주길 바라네. 내 기대하리다."

第四章

다시 서주를 양보하다

수만을 헤아리는 조조 대군은 불과 향 두 개를 태울 시간 만에 완전히 철수했다. 남은 거라곤 황폐한 대지와 온몸에 기름을 뒤집어쓴 도응뿐이었다.

조조군이 약속을 지키고 물러나자 서주성 안에서는 환성이 터져 나왔다. 군민들은 서로 부둥켜안고 펄쩍펄쩍 뛰며 일제히 이공자를 외쳤다. 뜻밖의 일에 감격해 눈물을 글썽거리던 도겸 일가는 조조군이 멀리 사라지자 기다렸다는 듯 성루에서 내려와 서주 수성의 일등 공신 도응을 기쁘게 맞이했다.

애초에 도응을 얕봤던 진규 부자나 조표, 조굉 등 서주 백관과 그저 일면식뿐인 관우, 장비, 초운도 환한 얼굴로 손을 흔들며 누가 먼저랄 것도 없이 성을 나가 도응을 맞았다.

다만 몇몇 사람은 예외였다. 도응이 무사히 기름 솥에서 빠져나오는 것을 본 유비는 하얀 얼굴이 처음에는 잿빛으로 변했다가 나중에는 쇳빛으로 굳어버렸다. 도응이 어떻게 기름 솥에서 죽지 않고 살았는지는 모르겠지만 어쨌든 이 일로 서주의 민심이 도씨 부자에게 돌아갈 것이 뻔했기 때문이다. 힘들게 서주를 구원한 공로가 도응으로 인해 완전히 물거품이 될 판이었다.

여기에 서주 관원인 미축, 미방 형제도 전혀 기쁜 내색을 드러내지 않고 오히려 표정이 심하게 일그러졌다. 멀리서 걸어오는 도응을 바라보는 눈빛은 싸늘하고 표독하기 그지없었다.

이때 미방이 낮은 소리로 비명을 질렀다.

"아차!"

미축이 고개를 돌리고 물었다.

"아우는 무슨 일로 놀라는가?"

미방의 낯빛이 창백해졌다.

"그 전서! 이공자가 돌아올 줄 꿈에도 모르고 기밀을 누설한 것인데… 그 전서는 내가 쓴 친서란 말이오. 만일……."

"뭐라고?!"

미축은 하마터면 친동생을 성 아래로 밀어 떨어뜨릴 뻔했다.

그는 새파랗게 질린 얼굴로 목소리를 낮춰 꾸짖었다.

"미친 거냐 아니면 어리석은 거냐? 감히 친필로 전서를 쓰다니. 전서가 주공의 손에 들어가면 필적을 조사할 것 아니냐!"

미방은 울상이 되어 변명했다.

"소식이 새나갈까 봐 다른 사람에게 시킬 수 없었단 말이오."

미축은 친동생을 목 졸라 죽이고픈 충동을 느꼈다. 그런데 이때 마침 대장 조표가 이들 앞으로 다가와 함께 내려가 도응을 맞이하러 가자고 청했다.

미축은 웃는 낯으로 응대하면서 미방을 표독스럽게 째려봤다. 이들 형제는 조마조마한 마음으로 조표 등을 따라 도응을 영접하러 내려갔다.

"둘째 형님―!"

"아우야―!"

성을 나온 도기와 도상 형제는 10여 장이나 되는 거리에서부터 도응을 부르며 달려가 동시에 그를 껴안았다.

눈물을 펑펑 쏟으며 그저 형님, 아우만 연발할 뿐 아무 말도 입에서 나오지 않았다. 실제로 형제의 정을 나눈 지는 며칠 되지 않았지만 도응은 자신을 위해 대성통곡하는 이들을 보며 괜히 코가 시큰해졌다. 이제야말로 이들이 진짜 형제처럼 느껴졌다.

"명무야, 명무야! 명무, 내 아들아!"

사람 소리로 요란한 가운데서 백발이 성성한 도겸은 조광 등의 부축을 받으며 도응 앞으로 달려갔다. 도겸의 뒤를 따르던 서주 군민은 순식간에 도씨 일가를 둘러싸고 누가 먼저랄 것도 없이 넙죽 절을 올렸다.

이를 본 도응은 급히 형제들을 뿌리친 후 도겸 앞에 무릎을 꿇고 머리를 조아렸다.

"이 못난 아들놈이 부친께 심려를 끼쳐드렸습니다."

"아니다. 어서 일어나라."

도겸은 도응을 일으켜 세우고는 위아래로 몸을 살핀 후 뜨거운 눈물을 쏟았다.

"내 아들아… 고생 많았구나. 옆에 두고도 여태껏 널 몰라봐서 미안하다."

"그런 말씀 마십시오. 소자, 몸 둘 바를 모르겠습니다. 또 고생이 가당키나 하겠습니까. 이 한 목숨 서주 군민을 위해 바치는 것은 당연한 일입니다. 다행히 조조가 신의를 지켜 서주가 겁난을 면했습니다."

도겸은 목메어 울며 아들의 손을 꼭 쥐었다. 옆에 있던 서주 군민도 같이 목 놓아 울었다. 이때 일부 병사가 이공자를 외치자 이를 따라하는 목소리가 사방으로 울려 퍼졌다.

"이공자! 이공자! 이공자—!"

"각 부로와 향친 분께 감사할 따름입니다."

도응이 사방을 향해 답례하자 이에 고양된 서주 군민은 더 큰 목소리로 도응의 이름을 외쳤다. 도응은 마음속으로 몰래 웃음을 짓고 이렇게 중얼거렸다.

'역시 옛사람들은 순수하다니까. 유비가 어설픈 연기로도 성공한 데는 다 이유가 있지, 암.'

호랑이도 제 말 하면 온다고, 그러는 사이 유비가 장수들을 이끌고 도응 앞으로 다가왔다. 그 뒤에는 억지웃음을 짓고 있는 미축, 미방 형제가 따랐다. 도응은 황급히 앞으로 달려 나가 최대한 공손한 어투로 말했다.

"소질 도응, 숙부를 뵙습니다, 숙부의 만금지서(萬金之書) 덕분에 조조 대군이 물러갔습니다. 서주의 천만 생령은 숙부의 은덕을 절대 잊지 않을 것입니다."

유비는 솟구치는 화를 억누르고 짐짓 예를 갖춰 대답했다.

"조카는 무슨 말을 하는가? 조카의 살신성인에 조조가 감동해 서주의 포위를 푼 것 아닌가. 비는 한 치의 공도 세우지 못했다네."

이 말에 도응의 얼굴이 갑자기 굳었다.

"숙부는 너무 겸손해하지 마십시오. 조조는 소질 일가에 원한이 사무친 자입니다. 숙부의 화친 권유 편지가 아니었다면 조조가 어찌 군대를 물렸겠습니까? 숙부의 편지가 없었다면 조조는 소질에게 변명의 기회도 주지 않고 원문에서 제 목을 베었을 것입니다!"

도응의 말투는 매우 겸허하고 공손했지만 그의 의도를 빤히 알고 있는 유비는 그 소리가 구역질이 날 정도로 귀에 거슬렸다. 주제에 어울리지 않게 고상한 척하는 저의는 대체 뭐란 말인가? 유비는 울화통이 치밀어 오르는 마음을 간신히 가라앉혔다.

'뒈질 놈의 조조가 왜 이 도겸의 종자를 죽이지 않은 거야? 이놈은 어떻게 펄펄 끓는 기름 솥에서 살아 나온 거냐고!'

큰형의 마음을 아는지 모르는지 장비가 양팔을 크게 벌리고 예의 호랑이 같은 음성으로 기쁨에 겨워 소리쳤다.

"조카, 왜 이리 사람을 놀라게 하시는가! 조카가 기름 솥에 뛰어들 때 이 장비 눈에서도 눈물이 날 뻔했다네! 그런데 어떻게 기름 솥에서 아무 일 없이 살아날 수 있었소?"

"맞습니다, 형님. 어떻게 기름 솥에서 상처 하나 없이 빠져나올 수 있었던 거요?"

도기도 호기심이 발동해 물었다. 도겸 이하 서주 군민도 이를 기괴하게 여겨 시선이 모두 도응에게 집중되었다.

도응은 무언가에 홀린 표정을 짓더니 기억을 더듬으며 설명했다.

"저… 저도 모르겠습니다. 눈을 감고 기름 솥에 뛰어들었을 때는 죽었다고 생각했습니다. 그… 그런데 뛰어들고 난 후 아무 감각도 없더니, 깨어 보니 제가 기름 솥 옆에 서 있는 것 아니겠습니까?"

"아니, 어떻게 그런 기이한 일이?"

사람들은 그의 얘기를 듣고 입이 다물어지지 않았다. 설마 이공자가 하늘이 내린 사람이란 말인가? 유비도 놀라긴 마찬가지였다.

'설마 이공자가 요괴라도 된단 말인가? 세상에 펄펄 끓는 기름 솥에 뛰어들고 죽지 않는 자가 있단 말인가?'

물론 이 술법을 알고 있는 사람도 있었다. 서주의 대부호이자 대지주이며 사족(士族)인 진규, 진등 부자처럼 말이다. 그들은 힘껏 코를 벌름거리더니 알 듯 모를 듯한 미소를 띠었지만 아무 말도 하지 않았다.

"이공자, 그런데 조조가 어떻게 공자의 신분을 알아챈 겁니까? 설마 조조에게 신분을 밝히신 건가요?"

이 질문을 던진 이는 뜻밖에 미방이었다. 그는 겉으로는 여유만만했지만 속으로는 조마조마한 마음에 간이 쪼그라들었다.

도응이 쓴웃음을 지으며 대답했다.

"미 대인, 농담하십니까? 생을 탐하고 죽음을 두려워하는 이 몸이 스스로 밝히다니요?"

이 말에 사방이 쥐 죽은 듯 고요해졌다. 그 와중에 유비의 눈꺼풀이 파르르 떨리고 미축, 미방 형제는 어쩔 줄 몰라 몸을 벌벌 떨었다. 그런데 도응의 입에서 누구도 예상 못 한 대답이 나왔다.

"운이 없었는지 조조군 세작 한 명이 절 알아보는 통에 신분이 발각됐습니다. 그 이후의 일은 보신 바대로입니다."

"아, 그리 된 것이었군요!"

이 말에 미축 형제는 놀란 가슴을 쓸어내렸다. 조조군 세작이 도응을 알아챌 줄 알았다면 그리 큰 모험은 할 필요가 없었을 텐데. 이들은 괜한 일을 벌인 자신을 자책했다.

도응의 말에 미축 형제는 속아 넘어갔지만 교활한 유비나 진규 부자는 반신반의했다. 특히 도응을 잘 알고 있는 진규 부자는 마음속에서 의문이 생겼다.

'뭐, 조조군 세작에게 들켰다고? 그게 가능하다고? 주공의 두 아들은 매일 관저에 처박혀 있어서 극소수의 사람만이 그들의 얼굴을 알고 있는데. 조조군 세작이 그의 얼굴을 알아보기란 쉬운 일이 아닐 텐데……'

도응도 삼국지의 늙은 여우들을 속이기 쉽지 않다는 사실을 잘 알고 있었다. 이에 도겸을 돌아보며 말했다.

"아버지, 외람된 말씀이지만 부중의 하인들을 철저히 조사해 주십시오. 믿지 못하시겠지만 저를 알아본 조조군 세작은 우리 부중에서 반년 넘게 하인으로 있었습니다. 그래서 한눈에 저를 알아본 것입니다."

방금 전까지도 눈물을 짓던 도겸의 표정이 바뀌더니 심복인 조굉을 꾸짖었다.

"어떻게 그런 일이? 조굉, 내 너를 장전도위(帳前都尉)에 임명하고 주부(州府)의 모든 일을 맡겼거늘 조조군 세작이 어찌 흘러들어올 수 있었단 말이냐? 네 죄를 알렸다!"

깜짝 놀란 조굉은 다급히 무릎을 꿇고 도겸에게 죄를 청했다.

"말장, 만 번 죽어 마땅합니다! 소신이 성에 돌아간 후 부중의 하인을 철저히 심문하여 세작 놈을 꼭 추려내겠습니다!"

도겸은 흥하고 코웃음을 쳤다. 이 말에 곁에 있던 유비와 진규 등도 의심이 완전히 해소되었고, 미축 형제는 전화위복이 된 상황에 기뻐 어쩔 줄 몰랐다.

그러자 도응이 다시 앞으로 나와 도겸에게 청했다.

"성인이 아니라면 어찌 허물이 없겠습니까. 조굉 장군을 너무 탓하지 마십시오. 또한 부중의 하인 심문도 중지시켜 주십시오. 저도 멀쩡히 살아 돌아온 마당에 무고하게 연루되는 자가 생길까 염려됩니다."

도겸은 연신 고개를 끄덕이며 아들의 관후함과 인자함에 흐뭇한 미소를 지었다. 이때 도응은 유비와 미축 형제를 힐끗 쳐다보고 입가에 미소를 머금었다.

'좀 더 침착하고 냉정하게 행동해야 돼. 지금 유비와 반목하는 건 옳지 않아. 확실한 물증 없이 유비를 몰아붙였다간 배은망덕한 놈으로 오해받기 십상이야. 또 싸운다고 해서 승산이 있는 것도 아니고. 가장 중요한 건 서주의 현재 상황이 원기를 회복할 수 없을 만큼 크게 상했다는 점이지. 최대한 저자세로 나가야 해. 집 지키는 개가 되는 한이 있더라도!'

"공자, 말에 오르시지요."

서주 대장 장광의 다감한 목소리에 도응은 골똘한 생각에서 벗어났다. 평소에는 도응과 말조차 섞기를 꺼려하던 장광이 지금은 되레 만면에 웃음을 띤 채 친히 말을 끌고 도응 앞으로 다가온 것이다.

"제 전마에 오르십시오. 말장이 성까지 말을 끌고 모시겠습니다."

이번에는 도기가 장광이 손에 쥔 말고삐를 가로채며 말했다.

"장 장군, 내가 대신하리다. 형님, 이 아우가 말을 끌겠습니다."

"공자님, 얼른 말에 오르세요!"

도응 곁에 있던 무수한 서주 군민은 물론 유비의 병사까지 합세해 도응에게 말에 오르라고 권했다. 그들이 알아서 양옆으로 길을 비키자 서주성까지 일직선으로 도로가 났다.

누가 먼저 시작했는지는 모르지만 그들은 일제히 도응을 외치고 있었다.

"공자! 공자! 이공자! 이공자—!"

서주 백성의 우렁찬 외침을 듣고 진심이 느껴지는 환한 얼굴을 보자 도응의 눈에 뜨거운 눈물이 그렁그렁했다. 그는 서주 백성에게 예를 갖추고 목멘 소리로 말했다.

"이 도응, 백성 여러분의 은혜를 절대 잊지 않겠습니다!"

"공자님!"

감격한 많은 백성들이 울먹이는 목소리로 도응을 불렀고, 아예 엎드려 절하며 목 놓아 우는 이도 있었다.

모두가 기뻐하는 와중에도 단 한 사람은 심사가 편치 못했다. 그는 얼굴에 마지못한 웃음을 띠고 있었지만 속으로는 노한 목소리로 울부짖었다.

'어린놈아! 도응, 이 어린놈아! 내 대사를 망친 놈아! 내 너를 죽이지 않으면 절대 사람이 아니다—!'

* * *

선심 쓰듯 서주성에서 퇴각한 조조는 서둘러 연주를 향해 달려갔다. 말과 병사들에게 휴식도 주지 않은 채 죽어라 달린

끝에 그날 밤으로 유현(留縣)을 벗어날 수 있었다.

이로써 서주성 경내는 드디어 위기에서 벗어나게 되었다. 재삼 이 소식을 확인한 도겸은 크게 기뻐하며 성 밖에 주둔한 북해태수 공융과 청주자사 전해를 축하 연회에 초청했다.

다음 날 정오, 공융과 전해가 거느린 군마가 서주성에 도착했다.

둘은 군대를 성 밖에 머물게 하고서 수종(隨從) 10여 기를 이끌고 성안으로 들어갔다. 도겸은 친히 두 아들을 데리고 나가 이 둘을 맞아 연회 자리로 안내했다.

유비 형제와 서주의 문무 관원은 이미 자리를 잡고 술잔을 기울이고 있었다.

도응의 영웅적인 행적을 이미 들은 공융과 전해는 도겸에게 자식을 잘 가르쳤다느니, 아들을 낳으려면 이렇게 용감한 아들을 낳아야 한다느니 하면서 입에 침이 마르도록 도응을 칭찬했다.

오늘 도겸은 병세가 하룻밤 만에 적잖이 호전된 듯 보였다. 그는 연신 겸손해하면서도 눈에서 웃음기가 가시지 않았고, 산양처럼 흰 수염은 연신 비비 꼬였다.

"두 공의 칭찬이 과하십니다. 이 불효한 놈이 어제 멋대로 성을 나가는 통에 노부의 삼혼칠백(三魂七魄)이 달아나는 줄 알았습니다그려. 두 공과 유 공의 도움이 아니었다면 노부는 분명 이놈을 다시 보지 못했을 것입니다."

공자의 12대손인 공융은 소리 내 웃으며 마음속 말을 내뱉었다.

"도 부군은 겸손이 지나치십니다. 제 아들놈들도 이런 불효자였으면 더 바랄 나위가 없겠습니다. 당대 영웅인 아들을 둔 것은 부군의 복이자 서주의 복입니다. 서주는 이제 근심이 없겠구려. 하하!"

"그런 말씀 마십시오. 용렬한 아들을 어찌 이리 추켜세우십니까?"

도겸은 재차 겸손을 드러내며 몰래 주위의 반응을 살폈다. 그는 먼저 서주목의 후계자 자격을 가진 장자 도상을 쳐다보았다.

실없이 웃고 있는 그는 경쟁자가 될지도 모르는 아우의 칭찬에도 전혀 개의치 않는 듯 기쁜 표정이었다.

도겸은 고개를 좌우로 절레절레 흔들었다. 이번에는 유비를 슬쩍 쳐다보니 얼굴에 미소를 띤 모습이 공융의 말에 공감하는 듯 보였다.

마지막으로 도겸은 도응을 몰래 주시했다. 그런데 도응은 공융의 말을 전혀 듣지 못한 듯, 아우인 도기와 술을 대작하며 담소를 나누고 있었다. 도겸은 자기도 모르게 이런 의심이 들었다.

'이놈이 진짜로 못 들은 거야, 아님 못 들은 척하는 거야?'

'도응 어린놈이 정말로 공 북해의 말을 듣지 못한 걸까? 아니면 못 들은 척하는 걸까?'

유비 역시 마음속으로 의문을 가졌다. 이에 몰래 도응을 지켜봤는데, 그는 도기와 사냥과 투호(投壺) 얘기에 푹 빠져 있어서 공융의 말을 들었는지 못 들었는지 간파해 내기 어려웠다.

유비는 자기도 모르게 문득 경계심이 생겼다.

'이자가 진정 바보가 아니라면 조조도 상대가 안 될 정도로 간사한 놈이 틀림없어!'

공융의 입에서 후계자 얘기가 나오자 도응의 반응을 유심히 살핀 건 도겸과 유비뿐이 아니었다. 진규 부자와 미축 형제는 물론 조표와 조굉 같은 무장도 도응을 관찰했다.

누가 도겸의 후계자가 되느냐는 이들에게 매우 중대한 문제였다. 그런데 도응의 모습을 본 그들 대부분이 실망과 의혹의 표정을 지었다.

도응이 정말 바보인지, 바보인 척하는 건지 아니면 공융의 말을 아예 듣지 못한 것인지 전혀 감을 잡지 못했기 때문이다.

이 와중에 두 사람만이 속으로 기쁨의 미소를 흘렸다.

'아무리 봐도 바보가 맞아. 유 공과 형님은 걱정도 팔자라

니까. 운이 좋아서 서주를 구한 바보가 뭐 그리 두렵다고 호들갑을 떠는지 원.'

미방은 이렇게 생각했다.

'이공자는 결코 주군의 재목이 아니야. 뭐, 어쨌든 잘됐지. 이공자와 친하게 지내다가 그가 주공의 자리를 계승하면 그때 서주를 이 조표가 꿀꺽하고 말겠어.'

조표 또한 마음속으로 이런 꿈을 꾸었다.

연회가 끝나갈 무렵, 도겸은 두 아들과 조카를 앞으로 불러 상석에 앉은 공융, 전해, 유비에게 인사를 올리라고 명했다.

"이분들이 군사를 이끌고 구원을 와 서주의 포위를 풀고 너희들의 목숨을 구해주셨으니, 얼른 세 분 숙부께 감사의 절을 올려라!"

성실 빼면 시체인 도상은 얌전히 이 세 사람에게 무릎을 꿇고 머리를 조아렸다.

"소질 등의 목숨을 살려주신 은혜에 감사드립니다."

'흥, 서주의 포위를 푼 건 전부 둘째 형님의 공인데 왜 저들에게 절을 올리라는 건지.'

도기는 불만이 가득했지만 조실부모한 자신을 지금까지 성심성의껏 키워준 백부의 명을 차마 거역하지 못하고 세 사람에게 절을 올렸다. 도응도 두 형제와 함께 예를 행했다.

"세 분 조카는 얼른 일어나시게."

공융과 전해, 유비 세 사람은 일제히 자리에서 일어나 각기 따로 도씨 삼형제를 일으켜 세웠다.

한발 앞서 나갔던 유비는 일부로 도응을 일으키며 미소를 짓고 말했다.

"조카, 이러지 마시게. 서주의 포위를 푼 건 필마단기로 조조 군영에 들어가 조공을 설득한 조카의 공 아닌가? 아무 공도 세우지 못한 이 유비가 어찌 조카의 큰절을 받겠는가?"

유비는 이리 말한 후 도응의 반응을 유심히 살폈다. 그런데 도응은 바보처럼 헤헤 웃으며 아무 말도 하지 않았다. 마치 이 칭찬에 어린아이처럼 고무되고 득의양양한 표정이었다.

유비는 이 모습에서 전혀 거짓을 발견할 수 없자 머릿속이 혼란에 빠졌다.

'설마 정말 바보였단 말인가? 지금까지의 일은 그저 운이 좋았던 것이더냐!'

유비가 어리둥절하고 있을 때, 어느 샌가 도겸이 이들 곁으로 다가와 아들을 심하게 꾸짖었다.

"어리석은 놈, 뭐가 좋아서 그리 실실 웃는 게냐? 네 공을 자랑이라도 하고 싶은 것이냐? 공 태수와 전 자사, 유 공이 출병하지 않았지만 조조가 쉬이 물러갔겠느냐!"

"소자, 잘못했습니다!"

도응은 재빨리 자리에 엎드려 죄를 청했다. 그러자 유비도 급히 도응을 일으켜 세웠다.

좌중이 정리된 후, 도겸은 무슨 할 말이 있는지 손을 들어 이목을 자신에게 집중시켰다.

즐겁게 먹고 마시며 떠들던 문무 관원들은 소리를 죽이고 모두 도겸을 바라보았다.

도겸은 홀연 사람들에게 두 손을 모으고 낭랑한 목소리로 말했다.

"다들 담소를 잠시 멈추고 이 도겸의 폐부에 있는 말을 들어주십시오. 노부가 연로한데 두 아들이 재주가 없어 나라의 중임을 맡기기 어렵습니다. 유 공은 한실 종친인 데다 덕과 재주가 높아 서주를 다스릴 만합니다. 이에 노부는 서주목의 직책을 유공에게 넘기고 고향으로 돌아가 병을 돌볼 생각입니다. 오늘 이후로 서주목은 노부가 아니라 바로 유 공입니다!"

이 말이 떨어지자마자 여기저기서 외마디 비명 소리가 쏟아져 나오고, 다들 도끼로 머리를 맞은 듯 머리가 멍해져 입에서 말이 채 떨어지지 않았다.

특히 도기와 조굉, 조표 등 도겸의 심복들은 미치고 팔짝 뛸 노릇이었다.

'유비에게 다시 서주를 양보하다니, 주공이 미쳤단 말인가!'

유비도 놀라기는 마찬가지였다. 이 상황에서 다시 내게 서주를 넘기다니! 이리저리 머리를 굴리던 유비는 문득 깨닫는 바가 있었다.

전에 그가 내게 서주를 양보한다고 해놓고 조조군이 물러간 지금 입을 싹 닫으면 세상 사람들에게 배은망덕하다는 평을 들을까 두려워 사람들 앞에서 이리 말하는 게 분명했다. 그는 서주를 절대 양보할 마음이 없다. 이건 그저 형식적인 말일 뿐이다.

유비는 여기까지 생각이 미치자 급히 손을 내저으며 간절한 목소리로 말했다.

"도 공, 절대 불가합니다! 이 비가 서주를 구한 건 의(義)입니다. 지금 비가 서주를 받으면 천하 사람들은 이 비를 불의한 자로 여길 것입니다. 비가 비록 재주 없으나 불의의 오명을 듣고 싶지는 않습니다. 게다가 조조군이 퇴각한 것은 모두 도 부군의 공자 덕인데 비가 무슨 면목으로 앉아서 서주를 취하겠습니까?"

"숙부는 너무 겸손하십니다."

이 소리에 좌중은 다시 한 번 깜짝 놀랐다. 뜻밖에 도응이 도겸 뒤에 서더니 유비에게 예를 갖춰 말했다.

"숙부의 인덕은 천하에 널리 퍼져 서주의 백성 중 숙부의 대명을 모르는 자가 없습니다. 가뭄에 단비를 바라고, 갓난이가 부모를 바라는 것처럼 숙부를 바라보고 있습니다. 가부께서 성심으로 양보하시는 것이니 숙부께선 사양하지 말아 주십시오. 숙부에 대한 서주 여민(黎民)의 기대를 저버리지 말아 주십시오."

이때 연회장은 쥐 죽은 듯 아무 소리도 흘러나오지 않았다. 다들 기이한 표정으로 도응을 멍하니 바라볼 뿐이었다.

어제 도응이 기름 솥에 뛰어들어 조조의 퇴병을 약속받은 후, 서주성에서 그의 성망(聲望)은 감히 누구도 따라올 수 없을 만큼 높아졌다.

성에 돌아올 때 서주의 온 백성이 성을 나가 그를 맞이했고, 도응 공자를 일제히 외치며 부복하여 절하는 자가 부지기수였다.

서주목 후계자는 도응으로 정해진 것이나 다름없었다.

그런데 갑자기 도응이 서주를 유비에게 양보하겠다는 도겸의 말에 맞장구치자 의견은 크게 둘로 나뉘었다.

하나는 도응이 온전하게 서주를 지킬 수 없음을 잘 알고 진심으로 양보한다는 것이고, 다른 하나는 바로 도응이 약도 없는 바보라는 것이다!

"조카는 너무 겸손해하지 마시게!"

잠시 간의 침묵을 깬 사람은 유비의 아우인 장익덕이었다. 그는 괄괄한 목소리로 외쳤다.

"이번에 조적 놈을 물러가게 한 건 다 조카 덕이네. 우리 형님이야 옆에서 거들기만 했을 뿐인데 어찌 조카의 기업을 받을 수 있겠나? 현재 서주목은 도 사군이요, 장래에는 조카가 서주목임을 이 장비가 보장하겠네!"

관우도 일어나 맞장구치며 말했다.

"셋째의 말이 지당합니다. 우리 형제는 서주를 받을 마음이 전혀 없으니 도 사군께서는 명을 거두어주십시오."

처음에 관우는 기반이 없는 형님이 서주를 취하는 데 반대하지 않았다.

그런데 어제 도응이 목숨을 걸고 서주를 구하는 비장한 장면을 친히 목도한 후 마음이 바뀌었다. 그래서 지금 도겸의 서주 양보가 진심인지 떠보는 것인지 모르겠지만 형님에게 서주를 접수하라고 권하기 부끄러웠다.

아우들과 달리 유비는 마음이 답답하고 괴로웠다. 하지만 본심을 드러낼 수 없어 공손하게 말했다.

"도 사군, 이공자, 그대들의 호의는 마음으로만 받을 뿐 감히 따르지 못하겠습니다."

이 말에 미방은 마음이 초조해져 자리에서 벌떡 일어났다.

"유 공, 당금에 한실이 쇠퇴하고 천하가 어지러워 공을 세울 때는 바로 지금입니다. 서주는 물자가 풍부하고 호구(戶口)가 백만이니 유 공께서는 사양하지 마십시오."

말을 마친 후 미방은 유비에게 서주를 접수하라고 계속 눈짓을 보냈다. 도응 어린놈이 명성을 크게 떨쳐 이 기회를 놓친다면 다시는 기회가 올 것 같지 않았다.

미방의 말에 연회장은 각기 다른 생각을 품은 사람들의 표정이 파노라마처럼 펼쳐졌다.

도기와 조굉, 조표는 일제히 얼굴에 노기를 띠었고, 도겸과 미축, 진규 부자는 태연하게 자리에 앉아 있었으며, 망연자실한 표정의 도상은 부친이 유비에게 서주를 양보하길 원치 않았지만 반대할 용기가 없었다.

공융과 전해도 서로 얼굴만 바라볼 뿐 아무 말도 하지 않았다.

공융은 남의 집안일에 괜히 간섭하기 싫다는 표정이었고, 공손찬(公孫瓚)의 부하인 전해는 공손찬과 교분이 두터운 유비가 서주를 차지해 청주의 응원이 돼주길 바랐지만 분위기상 쉽사리 말을 꺼내기는 어려웠다.

도응은 자신의 주장을 굽히지 않고 다시 한 번 유비에게 권했다.

"숙부, 미 치중(治中)의 말이 옳습니다. 숙부는 당세의 영웅이라 마땅히 서주에 웅거해야 합니다. 숙부께서 서주를 다스리는 것이 소질 형제보다 만 배는 나을 것입니다!"

'이놈이 무슨 꿍꿍이로 자꾸 나에게 권하는 거지?'

유비는 답답한 마음에 슬쩍 도응을 쳐다보았다. 그런데 도웅의 얼굴은 전혀 거짓이 섞이지 않은 진심으로 가득해 보였다.

순간 유비는 자기도 모르게 마음이 흔들렸다.

'도겸 부자가 이토록 간절히 애기하는데 그냥 받아들여? 서주에 정착하고 나서 이들 형제를 후하게 대접하면 되는 것이 잖아?'

하지만 자제력 강한 유비는 탐욕에 이성을 잃지는 않았다. 자신이 서주목의 직위를 받아들이면 서주를 병탄했다는 오명을 쓸 뿐 아니라 서주의 민심도 자신을 따르지 않으리란 사실을 잘 알고 있었다.

이에 유비는 단호하게 고개를 내저었다.

"불가합니다. 유비는 절대 불의한 짓을 하지 않을 것입니다! 청컨대 도 사군께서는 다른 현자를 찾아보십시오!"

"현……."

미방이 말을 꺼내려는 순간, 미축이 옷자락을 잡아당겨 그의 입을 막아버렸다.

"유 공이 저를 버리고 가신다면 저는 죽어도 눈을 감을 수 없소이다!"

도겸이 눈물을 흘리며 재차 유비에게 권했지만 유비는 다시 한 번 단호히 거절했다.

도겸은 방법이 없자 다른 말을 꺼냈다.

“유 공이 제 뜻을 거절한다면 이건 어떻겠습니까? 여기서 가까운 곳에 소패(小沛)라는 고을이 있습니다. 족히 군대를 주둔할 만하니 이곳에 잠시 머물러 주십시오.”

그때야 유비는 퍼뜩 깨달았다.

도겸이 결국 이 말을 하고 싶어 서주를 양보했다는 생각이 들자 이가 바득 갈렸다.

‘늙은 여우 놈이 날 가지고 놀았구나! 그래, 날 집 지키는 개로 만들 생각이었던 거야! 소패면 조조가 남하하는 제일선이잖아? 조조가 다시 돌아오는 날에 날 보고 화살받이나 하라는 거군.’

이때 도응이 갑자기 무릎을 꿇고 유비의 두 다리를 잡으며 엉엉 울면서 말했다.

“숙부, 서주를 버리지 말아 주십시오! 지금 천하가 크게 어지러워 들판에 백골이 널려 있고, 천 리 안에는 닭 우는 소리가 들리지 않습니다. 서주 백성이 전화의 고통에 신음하고 있는데 가친은 연로하고 조카 형제는 용렬하기 짝이 없어 서주를 지키기 어렵습니다. 바라옵건대 숙부의 호랑이 같은 위엄으로 서주의 천만 생령을 지켜주십시오!”

줄곧 침묵을 지키던 진규, 진등 부자까지 일어나 눈물로 호소했다.

“유 공, 제발 서주에 머물러 주십시오!”

가문의 이익이 모두 서주군 내에 집중돼 있는 진규 부자로서도 적격인 집 지키는 개가 꼭 필요했다.

미축 역시 눈짓으로 다음 기회를 노리자는 신호를 보내며 유비를 만류했고, 공융과 전해도 유비가 소패에 주둔하는 정도로 이 일이 마무리되길 바랐다.

유비는 재빨리 머릿속으로 주판알을 튕겼다.

'어떡하지? 소패에 남는 건 도겸 이 여우 놈의 집 지키는 개가 되는 꼴인데. 조조군이 오지 않으면 다행이지만 일단 조조가 쳐들어오면 전방에서 내가 저들의 창칼을 다 받아내야 하니? 그렇다고 이 상황에서 떠나면 그간의 노력이 물거품이 되고…….'

골똘히 고민하던 유비는 마침내 결심을 굳힌 듯 도겸에게 말했다.

"부군께서 이토록 간청하시는데 떠나는 건 예가 아닙니다. 내일 당장 군사를 이끌고 소패로 가 주둔하겠습니다."

도겸은 당장 자리에서 일어나 유비의 손을 꼭 잡고 감사의 말을 전했다.

"고맙소, 정말 고맙소이다. 서주가 유 공을 얻었으니 노부는 베개를 높이 베고 잘 수 있게 됐구려."

그러면서 슬쩍 도응의 표정을 살폈다. 도응은 만면에 희색을 띠고 얼씨구나 하면서 호쾌하게 웃고 있었다. 아무리 봐도 저놈의 속을 알 수가 없었다.

'저놈은 진짜 바보인 걸까, 아니면 바보인 척하는 걸까? 음, 조만간 이놈 속을 꼭 알아봐야겠어.'

第五章

조표의 딸

유비가 서주에 머물도록 설득하면서 연회도 끝이 났다. 이후 도겸과 유비는 소패 주둔에 대한 세부 사항을 논의했다. 쌍방이 약속이나 한 듯 의견 충돌을 빚지 않고 조금씩 양보하면서 소패 주둔 건도 금방 마무리되었다.

유비군의 소패 주둔 약정은 대략 이러했다.

유비군은 소패 경내에 주둔하며 유현을 경계로 한다. 소패의 많은 부속 성지(城池)는 유비가 직접 관할하고 지방 관원 임명권은 유비가 가진다. 도겸은 정기적으로 유비에게 전량(錢糧)을 제공하고, 유비가 관할 지역 내에서 군사를 모으고 군대를 확대 편성하는 것을 허락한다. 다만 유비는 도겸의 윤허 없이 남하하여 유현으로 넘어올 수 없다. 또한 전쟁이 나면 유비군은 반드시 도겸의 지휘에 따라 서주군과 협력 작전을 펼쳐야 한다. 쌍방은 이를 문서로 작성하지 않고 공융과 전해를 증인으로 세워 약속을 이행한다.

이후 유비와 공융, 전해는 작별 인사를 하고 각자의 군영으로 돌아갔다. 연로한 도겸도 시종의 부축을 받아 잠을 청하러 뒤채로 돌아갔다. 도상과 도응, 도기는 도겸을 대신해 서주의 문무 관원들을 이끌고 유비 일행 등을 전송했다.

유비 등의 뒷모습이 보이지 않자 문무 관원들도 잇달아 작별을 고하고 집으로 돌아갔다. 도상 등도 집으로 돌아가려고 할 때, 도겸이 서주를 유비에게 양보하는 데 불만이 많았던 도기가 도응을 향해 원망의 소리를 내뱉었다.

“형님, 대체 무슨 마음으로 그런 겁니까? 서주는 백부께서 이룬 기업으로 우리 형제가 발을 붙일 땅입니다. 그런데 왜 자꾸 서주를 양보했는지 아직도 이해가 안 됩니다. 서주를 다른 사람에게 바치면 우리는 어쩌란 말입니까?”

도응이 정색을 하고 대답했다.

“아버지의 명을 거역하는 것은 불효다.”

그러고는 살며시 미축 형제를 바라보았다. 이들은 태연자약한 표정을 지으며 아무 말도 없이 주변을 두리번거렸다. 반면 진규 부자는 도응을 힐끗 본 뒤 괜히 이 일에 말리고 싶지 않은 듯 성큼성큼 자리를 빠져나갔다.

도상도 도응의 말에 맞장구쳤다.

"둘째 아우 말이 맞다. 아버지가 서주를 양보하겠다고 마음먹으셨다면 아들 된 자로서 반드시 따라야 하는 것이다."

도기는 무슨 말인가 대꾸를 하려다가 이내 발을 구르며 원망의 소리를 내뱉었다.

"백부께서 무슨 심산이신지 도통 모르겠습니다. 서주목 자리를 내려놓으려면 당연히 형님들에게 물려줘야 하는데 외부인이 가당키나 한 말입니까?"

"삼공자, 너무 원망 마시오. 주공께도 다 고충이 있답니다."

옆에서 서주의 수석 대장인 조표의 목소리가 들려왔다. 조표는 도씨 삼형제 곁으로 다가와 도기에게 미소를 짓고 말했다.

"한 번 생각해 보십시오. 유 공은 주공의 부하도 아니고, 주공과 오랜 친분이 있는 것도 아닌데 군사를 이끌고 서주를 구하러 왔습니다. 밖에서는 조조 대군이 호시탐탐 우리 서주성을 노리고 있는 상황에서 그저 유 공의 입만 바라보고 있었습니다. 그런데 주공께서 유 공에게 어떤 이익이나 희망도 주지 않아 만약 유 공이 떠난다면… 서주는 위험해질 것 아니겠습니까?"

도기가 어리둥절한 표정을 짓자 조표는 다시 말을 이었다.

"유 공이 인덕으로 유명하다지만 그게 진짜인지 누가 알겠습니까? 말장의 생각으로는 주공께서 유비의 사람됨을 확실히 알지 못해 아예 선수를 쳐 유비에게 서주를 양보한 것이 아닐까 싶습니다. 그러면 대의의 명분을 선점하고 유비를 머물게 할 수도 있으니까요."

도기와 도상은 서로 얼굴만 바라보며 조표의 분석에 반신반의했다.

도상은 절대 그럴 리 없다며 조표의 말에 반박했다.

"조 장군은 어찌 그리 말하십니까? 가친께선 정직한 분이신데다 유 공도 인의로 천하에 이름이 높습니다. 두 분이 어찌 암중모색을 벌였다고 생각하십니까? 도응의 말대로 유 공은 겸손하고 고상한 사람이어서 불인하고 불의한 짓을 할 사람이 아닙니다. 조 장군이 그를 오해한 것입니다."

도응은 웃고 있었지만 마음속으로는 심기가 불편했다.

'휴, 이런 밥통 같은. 그런 말을 사람들 앞에서 내뱉으면 어쩌자는 거야?'

아니나 다를까, 미축 형제는 조표의 말을 듣고 얼굴색이 갑자기 바뀌더니 불편한 기색으로 앞서가는 문무 관원들 사이에 섞여 홀연히 사라졌다. 조표는 이를 전혀 눈치채지 못한 채 그저 도응을 향해 손을 공손히 모으고 말했다.

“이공자, 공 태수 일행 등이 이미 성을 나갔고, 마침 말장도 군무가 끝났습니다. 잠시 말장의 집으로 가 술이나 한잔하는 것이 어떻겠습니까?”

“장군께서 청하시는데 제가 거절할 수 있나요?”

도응은 순순히 조표의 청에 응했다.

조표는 서주의 수석 대장으로 서주의 병마를 대부분 관리했다. 지금 그는 서주성 후계자가 될지도 모르는 도응에게 선을 대려는 중이고, 도응도 당연히 이런 기회를 마다할 이유가 없었다. 그러나 도응은 왠지 형의 존재를 무시하는 것 같아 도상과 도기 쪽으로 고개를 돌려 말했다.

“형님, 아우, 함께 조 장군의 부중으로 가서 술이나 한잔하시지요.”

“이 형은 안 가려네. 아버지 병환이 좋아졌다지만 이럴 때일수록 더욱 주의해야 하지. 얼른 가서 탕약을 달여 드려야겠네.”

도상은 고개를 저었다. 그는 조표와 아우가 사이가 가까워져 적자인 자신의 자리를 위협할지도 모른다는 고민 따윈 할 줄 몰랐다.

“나도 못 갈 것 같소. 곧 해가 지는데 오늘 순찰 당번이라서요. 조적 놈이 아직 멀리 가지 않았으니 경계해야지요.”

도기도 고개를 저었다.

"기왕 그렇다면 저 혼자 조 장군 댁에 폐를 끼쳐야 되겠군요."

도응은 어쩔 수 없다는 듯 도상에게는 아버지를 잘 돌봐드리라고 부탁하고, 도기에게는 성을 잘 지키라고 당부한 후 조표와 함께 말에 올라 그의 집으로 향했다.

조표의 부저(府邸)에 도착하자 미리 소식을 들은 집안의 하인들이 일찌감치 문 앞에 나와 악기를 연주하며 도응을 환영했다. 도응은 뜻밖의 환대에 놀라 연신 아니라고 손을 내저었다.

조표는 큰소리로 웃으며 몸을 바쳐 서주를 구한 영웅에게 이 정도 대접은 당연하다고 말했다. 그러고는 직접 도응의 말을 끌고 집 안으로 들어가 자리로 안내했다.

거기에는 미주(美酒)와 가효(佳肴)가 한 상 가득 차려져 있었다. 다만 조표는 천성적으로 술을 못해 차로써 도응을 접대했다.

한 사람은 술잔을, 다른 이는 찻잔을 주거니 받거니 하며 심히 기쁘게 담소를 나누었다.

술이 서너 순배 돌자 꿍꿍이를 가진 조표가 도응에게 술을 따르며 재빨리 본론을 꺼냈다.

"이공자, 서주의 포위도 이미 풀리고 조조군도 완전히 물러가 서주 5군이 안정을 되찾았습니다. 공자께서는 이제 어떡하실 생각입니까?"

"아버지의 뜻에 따라야지요. 제가 감히 뭘 할 수 있겠습니까?"

도응은 조표의 말 속에 담긴 뜻을 간파하고 일부러 아무것도 모르는 체했다.

그럼에도 조표는 단념하지 않고 자신의 속내를 그대로 드러냈다.

"이번에 서주의 포위를 푼 건 누구 뭐래도 공자의 공이 으뜸입니다. 서주 군민 중 공자께 감격하지 않은 자가 없습니다. 주공께서도 당연히 공자를 달리 보실 거고요. 얼마 지나지 않아 주공께서는 공자에게 임무를 맡기고 시험해 볼 것이 확실합니다. 그러니 제게 공자의 계획을 말씀해 주십시오. 필요한 것이 있다면 이 조표가 진력하여 돕겠습니다."

조표가 이렇게까지 말하는데 계속 바보 티를 냈다간 서주의 수석 대장이 자신을 포기할지도 모른다는 생각이 들자, 도응은 잠시 고민하더니 자신의 생각을 밝혔다.

"장군께서 이토록 제게 호의를 가지신지 몰랐습니다. 먼저 사과드립니다. 부친께서 제게 일을 맡기실지 모르겠으나 저 자신은 홀로 일어설 생각입니다. 서주와 부친을 위해 무엇이라도 하는 것이 부모의 길러주신 은혜에 보답하는 것이요, 서주 백성의 뜻을 저버리지 않는 것이지요."

이 말에 조표의 표정도 갑자기 밝아졌다.

"하하, 이는 진정 주공의 복이요, 서주의 복입니다. 그런데 한 가지 묻고 싶은 것이… 공자께서는 문관을 원하십니까, 무관을 원하십니까?"

'이자가 왜 이리 꼬치꼬치 묻는 거지? 설마 내가 서주의 수석 대장 자리라도 빼앗을까 봐 걱정하는 것인가?'

도응은 조표가 지금까지 안중에도 없던 자신에게 속마음을 털어놓는 것이 왠지 꺼림칙했다. 이에 괜한 문제를 일으키지 않기 위해 두루뭉술하게 대답했다.

"제가 우둔하여 문이든 무든 경지에 이르지 못해 무엇 하나 제대로 해내지 못할까 두렵습니다. 한 번도 그런 생각을 해본 적이 없는 터라 문관이든 무관이든 모든 건 부친의 명에 따를 생각입니다."

이때 조표의 입에서 도응의 예상과는 다른 대답이 튀어나왔다.

"공자, 절대 문관은 맡지 마십시오. 지금 천하가 크게 어지러워 군웅이 들고 일어나 전쟁이 끊이지 않고 있습니다. 이런 시국에 문관을 맡으면 대공을 세워 뜻을 펼치기 어렵습니다. 감히 권하지만 서주 군중에서 일하며 군사를 익혀야 주공의 근심을 덜고 서주 백성을 지킬 수 있으며, 나아가 천하에 이름을 진동시킬 수 있습니다."

'이자가 내게 종군을 권하다니. 병권을 빼앗길까 두렵지 않다는 말인가?'

도응은 그의 의도를 짐작키 어려워 잠시 떠보기로 했다.

"제가 무관을요? 하지만 전 무예도 보잘것없고 병법에도 능하지 않은데 가능하겠습니까?"

조표는 거듭 손을 내저으며 말했다.

"장수 된 자의 무예 실력은 그다지 중요치 않습니다. 한신(韓信)의 무예가 어디 항우(項羽)보다 나았습니까? 하지만 해하(垓下) 전투에서 누가 이겼습니까? 병법 역시 군중에서 천천히 배우면 그만입니다."

그러더니 갑자기 얼굴색을 바꾸고 더없이 다정한 어투로 말했다.

"공자가 군중에서 임무를 맡으면 말장도 이 한 몸 바쳐 공자를 돕겠습니다. 그리하여 주공께서 공자를 다시 보게 된다면 장차… 후후."

도응은 마침내 그의 진짜 의도를 알아채고 속으로 씩 웃었다.

'부친인 도겸은 늙고 병든 데다 형인 도상은 유약하고 무능하여 도겸이 죽으면 서주를 위해 큰 공을 세운 내가 서주의 후계자가 되리라 확신하고 줄을 대려는 것이구나. 나와의 관계를 이용해 서주 군중에서의 지위를 공고히 하고 병권을 장악하여

실질적인 통치자가 되려는 속셈이군. 음, 그럼 나도 네 계획대로 움직여 줘야겠지?'

도응은 갑자기 자리에서 일어나 조표에게 무릎을 꿇고 말했다.

"그럼 미리 장군에게 감사의 인사를 올리겠습니다. 훗날 서주 군중에 들어가면 많은 가르침과 관심 부탁드립니다."

조표는 속으로 기쁨의 탄성을 지름과 동시에 속히 도응을 일으켜 세웠다.

"이러시면 제가 불편합니다. 어서 일어나시지요. 참, 조표 가중에 오래 묵은 진귀한 술이 있습니다. 말장이 잠시 다녀올 터이니 조금만 기다리십시오."

"번거롭습니다. 저도 이제 얼큰하게 취해서 더는 마시지 못할 듯합니다."

하지만 조표는 막무가내로 기다리라고 청하고 재빨리 자리를 떴다.

"안타깝긴 해. 능력만 좀 더 뛰어났다면 훌륭한 내 조수가 됐을 텐데."

도응은 조표가 기뻐 달려가는 뒷모습을 보며 중얼거렸다. 그러다가 문득 웃음을 참지 못하고 이렇게 생각했다.

'아니지, 외려 다행이라고 해야 하나. 능력이 출중했다면 그의 수중에서 병권을 빼앗아오기 쉽지 않을 테니 말이야.'

이때 갑자기 도응의 눈앞에 안쪽으로 사뿐사뿐 걸어오는 여자가 보였다. 온몸에 능라(綾羅)와 보석을 걸친 것으로 보아 부중의 하인은 아니었다. 그런데 그녀의 용모를 자세히 들여다본 순간, 도응은 못 볼 것을 봤다는 생각에 후회가 밀려왔다. 방금 먹은 술이 목구멍까지 올라왔다.

그 용모가 어찌나 추악했는지, 두꺼비입에 뱁새눈, 피부는 옻나무처럼 우둘투둘하고 납작코는 끝이 위로 들려 있으며 새치까지 드문드문 난 데다 눈썹은 굵고 검었다. 그야말로 여자판 노트르담의 꼽추가 따로 없었다.

도응이 더욱 참을 수 없었던 건 이 흉측한 여자가 예를 갖추기는커녕 아무 말도 없이 작은 뱁새눈을 깜빡이며 자신을 위아래로 훑었다는 것이다.

도응은 머리카락이 쭈뼛 서는 느낌이 들어 아예 술에 취한 척하며 고개를 숙이고 그녀의 눈을 피했다. 그나마 다행이었던 건 이 추녀가 대청에 오래 머물지 않고 소리 소문 없이 물러갔다는 것이다. 도응은 마음속으로 안도의 한숨을 내쉬며 대체 이 추녀가 누구인지 의문이 들었다.

잠시 후 조표가 술단지를 안고 대청으로 돌아와 도응에게 술을 따라주었다.

"공자, 오래 기다리셨습니다. 이 술은 말장이 10년 전에 비싸게 산 천중(川中)의 명주입니다. 맘껏 드시지요!"

도웅이 감사의 말을 채 전하기도 전에 밖에서 하인이 들어와 예를 갖추고 말했다.

"장군, 방금 아씨가 장군을 사방으로 찾았습니다. 마님께서 아씨를 부르시는데 혹시 보시지 못했습니까?"

"조령(曹靈)이 날 찾아? 무슨 일로?"

"소인은 모릅죠."

"공자, 혹시 딸애가 대청으로 들어왔는지요?"

"방금 누군가 들어왔다 바로 나갔는데 아무 말도 하지 않아 장군의 영애인지는 모르겠습니다."

도웅은 본 대로 대답하고는 속으로 중얼거렸다.

'그녀가 조표의 딸이라고? 설마 후에 여포에게 시집가는 그… 여포는 참 비위도 좋구나. 존경스럽군, 존경스러워.'

조표는 무릎을 치며 일부러 화가 난 척했다.

"그 아이가 바로 제 여식인 조령입니다! 이놈이 공자를 뵙고도 예를 갖추지 않다니. 혼이 나야겠군."

그러고는 하인을 향해 소리를 질렀다.

"부인께 일러라. 령이를 찾으면 단단히 혼내주라고. 조적을 물리쳐 우리 집안을 구한 공자를 몰라보다니, 이런 괘씸한 것!"

이 상황을 지켜보던 도웅은 왠지 찜찜한 기분이 들었다.

'설마! 이 시대에 어떤 여자가 멋대로 얼굴을 드러내고 다닌

단 말인가? 또 방금 전 일은 아무리 생각해 봐도 일부러 꾸민 짓 같아. 조표, 대체 무슨 속셈인 거냐?'

이런 생각이 들자 도응은 무의식중에 한기가 느껴져 몸을 부들 떨었다.

역시나 조표는 도응에게 술을 따라주며 화제를 옮겼다.

"올해 공자께서는 갓을 쓸 나이가 아니십니까? 그런데 왜 아직 혼배(婚配)를 올리지 않았습니까?"

도응은 한기가 더욱 짙어지는 기분이 들어 재빨리 거절했다.

"천하가 크게 어지러운 지금, 서주의 원기가 크게 상한 데다 가친께서도 병약하십니다. 감히 생각해 본 적이 없습니다."

조표는 손을 내저으며 미소를 짓고 말했다.

"남자가 처가 없으면 집에 대들보가 없는 것과 같습니다. 어찌 국사로 인해 인륜을 폐할 수 있겠습니까? 제 여식을 직접 보셨다니 드리는 말씀입니다만 어디 가도 박색이란 말은 듣지 않습니다. 싫으시지 않다면 제 딸애를 처로 삼는 건 어떻겠습니까?"

'뭐? 그게 박색이 아니라고? 아무리 제 딸이라도 단단히 미쳤구나! 왜 날 이리도 시험하는 것이냐!'

도응은 하마터면 눈물을 쏟을 뻔했다.

조표가 막무가내로 나오자 도응은 핑계거리를 찾았다.

"장군의 호의는 감사하오만 형님이 아직 혼배를 올리지 않아 둘째인 제가 먼저 성혼하는 건 예가 아닙니다."

"그건 상관없습니다. 공자께서 동의하신다면 먼저 혼인을 약정하고 대공자께서 성친하신 후 혼례를 치르면 됩니다."

어떡해서든 딸을 도응에게 시집보내려는 조표지만 마음은 불쾌하기 짝이 없었다.

'흥, 정말 비싸게 구는군. 내 딸애의 용모를 보고 달려드는 공자가 한둘이 아닌데 말이지.'

"자고로 혼인은 부모의 명과 매작지언이 있어야 합니다. 자식 된 자로 사사로이 정할 문제가 아닙니다."

도응은 설사 조표에게 미움을 사는 한이 있더라도 그것만은 절대 받아들이기 어려웠다.

다행히 조표는 속이 꽉 막힌 사람은 아니었다. 도응이 재삼 거절하는 것을 보자 딸애를 맘에 들어 하지 않는다는 것을 알고는 더는 강요하지 않았다. 그는 하는 수 없이 찻잔을 들고 웃으며 말했다.

"공자께서는 진정한 효자십니다. 기왕 그렇다면 그 얘기는 여기서 접겠습니다. 자, 드시지요."

"감사합니다, 장군."

도응은 그제야 가슴을 쓸어내리며 안도의 한숨을 크게 내쉬었다.

그런데 이때 창밖에서 갑자기 분노한 여자의 흥 하는 소리에 이어 분노의 발자국 소리가 들려왔다. 이 소리에 도응은 문득 깨달았다. 오늘 이 일은 결코 우연이 아니야. 조표는 일찌감치 딸을 나에게 시집보낼 계획을 세웠어. 창밖에 숨어서 몰래 엿듣던 이는 조표의 그 추악하고 무서운 딸 조령이 분명해!

이는 조표도 마찬가지였다. 그 역시 마음속으로 의혹이 가시지 않았다.

'이놈은 도대체 눈이 얼마나 높은 거야? 내 딸애 정도면 하늘에서 내려온 선녀는 아니더라도 공자들의 애간장을 녹일 만큼 미모가 뛰어난데. 이렇게까지 권하는데도 단호히 거부하는 이유가 대체 뭐냐고? 혹시 고자?'

*　　　　*　　　　*

조표의 집에서 나왔을 때 시간은 이미 이경(二更)의 반을 지났다. 도응은 원래 도기를 도와 성을 순시할 생각이었다. 하지만 몸이 너무 피곤하고 술기운도 적잖이 올라 생각을 접었다. 그는 하인들을 이끌고 하품을 하며 그냥 집으로 돌아갔다.

도응이 대문 앞에 이르렀을 때, 갑자기 한 사람이 그의 길을 가로막았다.

40여 세의 나이에 얼굴이 수척한 이자는 도겸을 그림자처럼 따라다니는 심복인 장전도위 조굉이었다. 도응이 공손히 예를 갖추자 조굉이 낮은 목소리로 말했다.

"주공께서 모셔 오라는 분부를 받았습니다. 지금 당장 후당으로 드시지요."

"아버지께서 아직 안 주무신단 말입니까? 병세가 이제 막 호전됐는데 장군은 어째서 일찍 쉬시라고 권하지 않았습니까?"

"권했습죠. 하지만 주공께서는 듣지 않고 꼭 공자를 모셔 오라고만 하셨습니다. 곧 삼경이니 얼른 주공을 뵈러 가시지요."

도응은 분명 작은 일이 아님을 직감하고 아무 말 없이 조굉을 따라 도겸의 침소로 향했다.

도겸의 침소에서는 탕약 냄새가 진동했다. 등잔불 하나가 희미하게 깜빡이는 가운데 도겸이 침상에 양반 다리를 한 채 앉아 있었다.

항상 도겸을 옆에서 모시던 도상은 오늘 따라 모습이 보이지 않았다. 아마도 방으로 쉬러 간 모양이다.

도응이 예를 갖추자 오랜 시간 아들을 기다렸던 도겸의 얼굴에 미소가 나타났다. 그는 꿇어앉은 도응을 일으켜 세우지도 않고 두 시종과 조굉에게 분부했다.

"너희들은 먼저 물러가라. 내 아들과 긴히 나눌 얘기가 있다. 조굉은 문 앞을 지키며 누구도 들이지 말라."

그들이 나가자 도겸은 콜록콜록 기침을 하며 도응에게 말했다.

"명무야, 일어나거라. 이리 와서 아비의 등을 좀 두드려 주렴."

도응은 몸을 일으켜 도겸 곁으로 다가가 조심스레 등을 두드리며 죄송스런 목소리로 말했다.

"소자 불초하게도 부친께서 기다리시는지 몰랐습니다. 알았다면 일찍 돌아왔을 것입니다. 밤이 늦었는데 어찌 아직까지 주무시지 않았습니까?"

도겸은 기침을 하며 고개를 내저은 후 얼굴에 미소를 지었다.

"이 아비는 괜찮다. 조조군이 물러가자 병이 씻은 듯 나았구나. 한데 조표가 우리 아들을 무슨 일로 불렀더냐?"

"별일 아닙니다. 근래 서주에서 발생한 일에 대해 몇 마디 나눴습니다. 또 조 장군이 딸을 제게 시집보내려고 하기에 응이 거절했습니다."

"조표가 딸을 네게 허했다고? 허, 그 사람도 참."

아연 실소하던 도겸은 이내 조표가 딸을 시집보내려는 의도를 알고 살짝 미소 지었다.

"기왕 권하는데 왜 거절한 것이냐? 그 아이를 아비도 한 번

본 적이 있다. 용모가 어여뻐 너와 딱 어울려 보이는데."

'조표의 딸이 어여쁘다고? 설마 삼국시대에는 그런 얼굴이 미인인 건가?'

도응은 온몸에 털이 쭈뼛 서며 다급히 아뢰었다.

"제가 지금 조표 장군과 혼인을 맺으면 장군의 힘에 의지하려 한다는 오해를 살까 두려워 거절했습니다."

도겸이 흘겨보자 도응은 제 발이 저려 고개를 숙이고 감히 도겸의 눈을 바라보지 못했다. 혹시나 도겸이 혼인을 강요하면 어쩌나 마음이 조마조마했다.

도응을 응시하던 도겸이 갑자기 웃음 띤 얼굴로 말했다.

"내 아들이 많이 컸구나. 먼 앞날까지 내다볼 줄 알고. 맞다. 지금 네가 조표와 혼인을 맺으면 오해를 사기 쉽다. 이 아비의 언행불일을 입에 올리겠지? 말로는 서주를 양보한다고 하고서 몰래 아들을 위해 길을 닦았다고 말이다."

도응은 안도의 한숨을 크게 내쉬었다. 잠시 위를 응시하던 도겸은 생각을 정리한 듯 아들을 바라보며 물었다.

"명무야, 솔직히 말해보렴. 아비가 서주를 유비에게 양보하길 원하느냐?"

그제야 도응은 고개를 들고 침착한 얼굴로 답했다.

"부친께서 서주를 유 공에게 양보하는데 불만이 하나도 없다면 거짓일 것입니다. 이는 인지상정이 아닙니까? 하지만 서주의 생사존망을 위해 유 공에게 양보한다면 기꺼이 명에 따르겠습니다."

도겸은 도응의 대답에 고개를 끄덕이더니 이내 추문했다.

"그렇다면 유비가 성에 들어왔을 때 왜 아비보다 앞서서 서주를 유비에게 양보한 것이냐?"

"그때 부친께서 이미 서주목의 패인을 꺼내서서 소자는 부친의 뜻을 짐작하고 일부러 부화(附和)한 것입니다."

"하나를 보면 열을 아는 법이다. 그새 네가 몰라보게 달라졌구나. 그럼 아비가 왜 서주를 유비에게 양보했는지 아느냐?"

"그건……."

도응은 본래 사실대로 대답하려고 했다. 하지만 다시 생각해 보니 이 멍청한 아이가 너무 순식간에 바뀌면 의심을 살지 모른다는 생각에 곧 마음을 고쳐먹었다.

"소자가 어리석어 부친의 깊은 뜻을 헤아리기 어렵습니다."

"괜찮다. 틀려도 좋으니 어서 말해 보아라."

"성인의 말씀에 '자식은 아버지의 허물을 말하지 않는다'고 했습니다. 그래서 소자는 감히 말씀드릴 수 없습니다."

도겸은 웃음을 띠고 도응의 어깨를 두드려 주었다.

"내 아들이 장족의 발전을 이루었구나. 좋다. 말하기 싫다면 굳이 강요하진 않겠다."

도겸은 웃음을 그치고 도응을 뚫어져라 쳐다보며 물었다.

"얘야, 네가 조조 군영에 편지를 전하러 간 의도는 알겠다만 아직도 풀리지 않는 의문이 있다. 너 정도의 머리라면 유비의 편지에서 조조를 도발하려는 의도를 간파했을 텐데, 이를 무릅쓰고 굳이 조조 군영에 간 이유가 무엇이냐? 조조에게 화를 당할까 두렵지 않았더냐?"

도응 역시 이 질문에 도겸을 다시 보았다. 자신과 유비가 서주의 민심을 놓고 다투었다는 것과 자신이 유비의 음험한 의도를 꿰뚫어봤다는 것을 알고 있다는 말투였기 때문이다. 이에 도응은 침착하게 대답했다.

"조조는 간웅 중의 간웅이라 유비의 얕은꾀에 절대 속지 않을 것이라고 확신했습니다. 그래서 소자가 홀로 조조 진영으로 간 것입니다. 위험한 듯 보이지만 실제로는 태산(泰山)처럼 편안했습니다."

"그럼 네 신분은 어떻게 들통 난 것이냐? 그리고 조조는 왜 강호에 전해지는 도술로 네가 서주 민심을 얻도록 만든 것이냐?"

"소자의 신분이 발각된 데는 이유가 있었습니다. 외람되지만 지금은 말씀드리기 곤란합니다. 때가 되면 소자가 처리할 생각입니다. 그리고 조적 놈이 가짜 기름 솥을 설치한 건 소자가 귀 큰 도적놈보다 상대하기 쉬워서 아니겠습니까?"

"알겠다. 그런데 참, 귀 큰 도적놈이라고? 내 아들이 사람을 욕할 줄도 아는구나, 하하!"

도겸은 큰소리로 웃으며 아들의 구밀복검(口蜜腹劍)에 전혀 반감을 표하지 않고 오히려 기분 좋게 웃었다.

그런데 잠시 후 도겸은 웃음을 거두고 정색한 채 도응을 꾸짖었다.

"명무야, 비록 이 일로 널 다시 보게 됐다만 너무 충동적이고 생각이 짧았느니라. 까딱했으면 서주의 사악한 무리들에게 도씨 일가를 공격할 기회를 줄 뻔하지 않았느냐? 이 점을 고려하지 않고 함부로 성을 나간 건 너무 어리석었다!"

"소자, 아버지의 가르침을 마음에 새기고 다신 이런 일이 없도록 하겠습니다."

"기억해라. 목숨보다 중한 것은 없다. 목숨을 보존해야 기회도 노릴 것이 아니냐. 어쨌든 너는 운이 좋았다. 방금 들은 소식에 의하면 여포가 연주로 출격해 조적 놈이 어쩔 수 없이 퇴각한 것이더구나. 너는 여포에게 감사해야 할 것이다."

"네? 여포가 연주를 공격한다고요? 그래서 조적 놈이 급히 물러났군요."

도응은 이미 다 알고 있으면서도 짐짓 모른 체하며 깜짝 놀란 표정을 지어 보였다. 하지만 속으로는 빙그레 웃을 따름이었다.

도겸은 눈을 감고 잠시 생각에 잠기더니 다시 입을 열었다.

"응아, 이후 계획은 세워 놓았느냐?"

"소자, 무관을 자원해 부친을 대신해서 군사를 이끌 생각입니다."

"그래? 네가 통병(統兵)에 뜻이 있다면서 왜 조표의 혼사를 거절한 것이냐? 조표의 지지가 없으면 군중에서 뜻을 세우기 어렵단다."

도응은 전혀 떠올리기 싫지 않은 그 얼굴이 다시 생각나자 몸서리가 쳐졌다. 하지만 그도 나름대로 생각을 가지고 있었다.

"또 그 말씀이시군요. 지금 조표와 혼인한다면 타초경사(打草驚蛇)의 우를 범할까 염려됩니다. 또 소자는 조표 휘하에서 임관하고 싶지 않습니다. 외람되지만 소자는 단독으로 군대를 가질 생각입니다."

도겸은 아들의 고집에 불만 섞인 목소리로 말했다.

"이 아비가 방금 칭찬 몇 마디 했기로서니 왜 이리 무모한 것이냐? 사수 전투에서 서주군이 몰살당해 남아 있는 군사가 겨우 6~7천에 불과하다. 거기서 너에게 떼어줄 군사가 어디 있겠느냐? 게다가 서주군은 아비와 조굉이 통솔하는 사병 외에 나머지는 전부 조표의 부하들이다. 네가 조표의 혼인을 거절했는데 아비가 그 군사를 가려 네게 준다면 조표가 어찌 생각하겠느냐?"

"조표의 군사는 필요 없습니다. 단지 군마를 모을 수 있도록 허락해 주시기만 하면 됩니다. 또한 군사도 8백 기병이면 족합니다."

"8백 기병이라고? 고작 8백 명으로 무슨 일을 한단 말이냐?"

도겸은 아들이 다시 옛날의 바보로 돌아간 것 같아 놀라서 물었다.

"군대는 숫자보다 정예함이 더 귀중한 법입니다. 서주가 조적 놈의 침범으로 관부든 민간이든 원기가 크게 상해 인력과 물자가 부족한 형편입니다. 이때 소자가 대량으로 신군을 조직한다면 서주성의 재력으로는 지탱하기 어려울 뿐 아니라 민간에서 이렇게 많은 인원을 동원하기도 어렵습니다. 이에 소자가 8백 기병을 말씀드린 것입니다."

"하지만 8백은 너무 적지 않느냐? 좀 더 숫자를 늘려 2천 보기(步騎)는 어떻겠느냐?"

"잠시 보병은 생각하지 않고 있습니다. 전쟁에서 패하지 않는 정예 기병을 만들 생각입니다. 게다가 소자가 군사를 너무 많이 가지면 힘을 주체하지 못할까 걱정입니다."

도겸은 도무지 이 아들놈이 이해가 되지 않았다. 서주 수석 대장의 지지를 마다하는 것이 말이 되는가? 그리고 고작 8백 기병을 어디다 써먹는단 말인가?

"그리고 먼저 말씀드릴 것이 있습니다. 비록 8백 기병을 모집한다 해도 훈련이나 무장에 들어가는 전량과 장비는 3천, 아니 5천 병사에 못지않을 것입니다. 그러니 절대 아까워하지 마시고 전력으로 지원해 주시길 바랍니다."

도겸은 잠깐 도응을 바라보더니 끝내 고개를 끄덕이고 담담하게 말했다.

"그럼 원하는 대로 해보아라. 아비를 기쁘게 해준다면야 뭔들 못 하겠느냐?"

"감사합니다."

"참, 네게도 관직이 필요하겠구나. 점군사마(點軍司馬)가 좋겠다. 이제 막 관직에 입문했으니 조표와 장패보다는 한 직급 아래로 하자꾸나."

"관직의 고하는 아무래도 상관없습니다. 소자는 그저 단독으로 군대를 훈련하고 외인의 간섭만 없으면 그만입니다."

"그럼 조표의 지휘를 받지 않고 아비의 군대를 직접 통솔하거라. 길일을 가려 정식으로 네게 관직을 내릴 테니, 군마 모집과 신군 조직에 들어가는 비용은 모두 조굉과 의논해라. 이 아비가 힘닿는 데까지 도울 터이다."

도겸은 기뻐하는 도응의 손을 꽉 잡고 무슨 말인가 꺼내려다가 억지로 참더니 결국 한참만에야 의미심장한 말을 꺼냈다.

"응아, 네 형은 유약하고 고지식하여 대임을 맡기기 어렵구나. 아비가 기대하는 건 바로 너이니 절대 실망시켜서는 안 된다."

이 말에 도응은 감당하기 어렵다는 표정을 지으며 고개를 조아렸다.

*　　　*　　　*

조조가 서주 땅에서 완전히 철수하자 공융과 전해도 군대를 이끌고 본거지로 돌아갔다.

도응은 그들의 뒷모습을 바라보며 안타까운 마음을 금할 수 없었다. 의리 하나로 천 리 길을 달려와 옛 친구 도겸을 구원한 그들은 이 난세에 뜻도 피워보지 못한 채 허망한 죽음을 맞게 될 것이다.

서로 속고 속이며 약육강식이 판을 치는 삼국 난세에 공융과 전해는 확실히 보기 드문 인물이었다. 도응은 여기까지 생각이 미치자 그들의 은혜와 인의에 보답하기 위해서라도 반드시 그들을 살려내리라 다짐했다.

조운 역시 떠났다. 유비가 공손찬에게 빌린 1천 기병을 거느리고 떠나던 날, 도응은 도상, 도기와 함께 조운을 전송했다. 유비는 조운의 손을 놓기 아쉬워 눈물을 펑펑 쏟았고, 조운도 함께 눈물을 흘렸다.

이 광경을 지켜보던 도응은 이 맹장을 자신의 수중에 넣기가 거의 불가능하다는 생각에 유비처럼 완벽한 연기를 펼치는 대신, 정중하게 감사의 뜻을 전하고 원한다면 언제든 서주로 오라고, 서주의 대문은 자룡 장군에게 활짝 열려 있다고 말했다.

곁에 있던 유비는 코웃음을 치며 주제도 모르고 설치는 도응의 행동에 몰래 조소를 날렸다.

이어서 유비도 관우, 장비와 함께 2천여 평원 군사를 이끌고 소패성으로 주둔하러 떠났다. 여기에 도겸이 지원한 양식 9천 석과 군향(軍餉) 30만 전, 그리고 대량의 무기, 전마, 여물, 단철(鍛鐵) 및 각종 군수물자가 수레에 가득 넘쳤다.

도기는 물론 조표와 조굉 등 서주 중신들까지 나서 지원 물자가 너무 많다고 반대했지만 도겸은 이를 받아들이지 않았고, 도응도 도겸 편에 서서 부친의 결정을 두둔했다.

도응으로서는 이 물자를 가지고 있어 봐야 막강한 군대를 조직할 수 없을뿐더러 배은망덕하고 신의를 저버렸다는 오명만 쓰게 될 것이 빤하니, 차라리 이를 집 지키는 개에게 주면 유비를 잠시 머물게 하는 효과가 있는 데다 은혜에 보답할 줄 안다는 평판까지 얻을 수 있으니 일석이조가 아니겠냐는 생각을 했다.

하지만 이어서 들려온 두 가지 소식에 도응은 그만 얼굴이 굳어졌다.

첫 번째 소식은 서주 최고 갑부인 미축, 미방 형제가 유비의 둔전을 돕고 서주 백성의 부담을 경감한다는 핑계로 유비에게 병사 2천과 대량의 양식을 보냈다는 것이다.

이들 형제는 도겸을 무시한 채 아예 대놓고 유비를 지지하는 입장을 드러냈다.

두 번째는 엎친 데 덮친 격으로 낭야군(琅邪郡) 개양(開陽)을 지키는 기도위(騎都尉) 장패(臧霸)가 조조군과의 전투에서 부상을 입었다는 이유로 팽성으로 와 함께 서주를 지키자는 도겸의 명을 거절했다는 것이다. 동시에 그는 부장 손관(孫觀)을 소패로 보내 유비의 소패 입성을 축하했다.

장패의 기도위 관직은 도겸이 황건군 격파 공로로 하사한 것이었다. 황건기의가 평정된 후 장패는 개양에 주둔하며 점차 도겸의 통제에서 벗어나 자신의 세력을 굳건히 구축했다.

지금 서주 5군이 조조의 침공으로 원기가 크게 상한지라 수만 병마를 거느린 장패의 군사력이 외려 서주군을 압도했다. 도겸이 서주의 대계(大計)를 논하자고 장패를 부른 것은 사실 포악하고 오만불손한 이자를 구슬려 필요할 때 써먹고자 한 것인데, 장패가 이를 거절하고 유비에게 붙었으니 서주로서는 위험천만한 일이 아닐 수 없었다.

도겸은 속으로 이를 갈았지만 서주군의 현재 군사력으로는 장패를 혼내주기는커녕 그의 심기를 건드리지나 않을까 노심초사해야 할 판이었다.

이에 도겸은 끓어오르는 화를 억누르고 장패의 병을 위로하기 위해 약과 함께 사자를 개양으로 보냈다.

다 끊어진 동아줄이지만 그것이라도 잡고 있어야 반란의 위험을 최대한 억제하고 서주군을 재정비할 시간을 벌 수 있었다.

봄바람이 살랑거리는 흥평(興平) 원년(194년) 3월 초이튿날. 도응은 마침내 점군사마의 패인을 받고 정식으로 군관에 임명됐다. 관직에 오른 그날, 도응은 성벽에 방문(榜文)을 붙이라고 명했다. 내용인즉 이러했다.

서주 백성에게 고하노라.

조적 놈의 난입으로 서주가 위기에 빠진 이때, 앞다퉈 참군을 자원해 함께 서주 땅을 보위하자!

도응의 군사 모집 장소는 서주성 동문 밖의 작은 연무장이었다. 3월 초사흘 잔뜩 찌푸린 날씨에 온몸에 갑주를 차려입은 도응은 부푼 가슴을 안고 연무장으로 나가 친히 군사를 고르려고 마음먹었다.

그런데 연무장을 본 순간 도응은 눈을 의심했다. 인산인해를 이루리라 예상했던 연무장에 사람 그림자라곤 몇 명밖에 보이지 않았던 것이다.

신병 명부를 기록하는 서주 관원 앞에도 안색이 누렇고 몸이 파리한 백성 십여 명이 줄을 서고 있을 뿐이었다. 그것도 다 늙은이 아니면 어린아이였다.

당황한 도응은 도겸이 조수로 배속한 동생 도기에게 물었다.

"어째서 저 사람들뿐인가? 혹시 방문이 사라져서 백성들이 보지 못한 것 아니냐?"

반년간이지만 그나마 군대 경험이 있던 도기는 원래 조표 휘하에 들어가 재능을 크게 펼치고 싶어 했다. 하지만 도겸의 명을 어길 수 없어 억지로 도응 밑에서 아문장(牙門將)을 맡게 됐으니 마음속으로 불만이 가득했다. 이에 도응의 질문에 퉁명스럽게 대답했다.

"수문장이 눈을 시퍼렇게 뜨고 지켜보는데 누가 감히 찢기라고 한단 말이오?"

"그런데 왜 종군하는 백성이 없는 거지? 서주가 큰 난리를 겪어 의지할 곳 없이 떠도는 자가 부지기수라 배를 곯지 않기 위해서라도 군대에 자원하는 게 정상 아닌가?"

도기가 답답하다는 듯 볼멘소리로 말했다.

"형님, 군사를 알기나 하는 겁니까? 지금은 농번기인 3월이오. 조조군도 물러갔으니 백성들은 곡식을 심으러 서둘러 집으로 돌아갔는데 성에 남은 사람이 얼마나 되겠소? 게다가 열흘 전 조 장군이 병사를 모집해 군대에 입대하려는 자들은 모두 그리로 갔소."

도응은 손으로 이마를 치며 끙 하고 신음성을 내뱉었다. 이 틈을 타 도기가 도응을 꼬드겼다.

"기왕 일이 이리 됐으니 신군 조직은 접고 조표 휘하로 들어갑시다. 거기서 일지 군마를 맡아 지휘하는 것이 훨씬 낫지 않겠소?"

도응은 도기를 노려보더니 거만한 투로 말했다.

"드디어 네놈이 본색을 드러내는구나. 조 장군 휘하로 꼭 가야겠다면 나도 말릴 마음은 없다. 다만 나중에 후회할 날이 와도 날 탓하지는 마라. 조표 수하의 군대는 오합지중에 불과하다."

도기는 고개를 뒤로 돌리고 책벌레 둘째 형의 안하무인에 코웃음을 쳤다. 이때 이들 뒤에서 비웃는 듯한 날카로운 목소리가 들려왔다.

"조 장군 휘하의 군대가 오합지졸이라고요? 그러면 이공자의 눈에 차는 군대는 어떤 군대입니까? 조적 놈의 호표기(虎豹

騎)인가요, 아니면 공손찬의 백마의종(白馬義從)? 그것도 아니면 여포의 함진영(陷陣營)입니까?"

이 말에 도응은 깜짝 놀랐다. 이 세 정예부대를 알 정도면 대단한 인물일 것이라는 생각에 도응은 희색을 띠고 급히 고개를 돌렸다.

대여섯 걸음 떨어진 곳에 서 있는 남자는 유목민의 복장인 고습(袴褶)을 입고 머리는 두건으로 감쌌으며 허리에는 보검을 차고 있었는데, 용모가 준수하고 피부도 희멀끔한 것이 이런 미남자가 없었다.

"뭘 보십니까? 방금 전 말은 내 입에서 나온 거요. 불만이라도 있습니까?"

미남자는 도응이 자꾸 자기를 훑어보는 게 마음에 들지 않아 화를 냈다.

도응은 몇 번 더 이 미남자를 훑어보더니 뭔가 알았다는 듯 얼굴에 묘한 미소를 띠고 예를 갖춰 물었다.

"장사의 말이 비범하여 그랬던 것이니 이 도응의 무례를 용서하시오. 장사의 고성대명은 무엇이고, 고향은 어디시오?"

"임청(任淸)이라 하오. 서주 본토 사람입니다."

미남자 임청은 간략히 자기소개를 한 후 비웃듯 말했다.

"도 사군의 이공자가 군사를 모집한다기에 목숨을 버려 서주를 구한 영웅을 볼까 해서 왔는데, 뜻밖에 망자존대(妄自尊大)한

무리였다니. 이 임청 크게 실망해 이만 물러갈까 합니다."

그러더니 임청이 정말로 몸을 돌려 성문 쪽으로 걸어갔다. 도응이 다급한 마음에 외쳤다.

"임 장사는 잠시 걸음을 멈추시오. 이 도응은 그런 무리가 아니오. 방금 한 말은 아우와 농담으로 주고받은 것뿐이외다."

임청은 고개를 돌려 경멸하는 투로 말했다.

"흥, 망자존대가 아니라고요? 전쟁에 한 번도 나가지 않은 귀공자가 감히 백전노장 조표 장군을 무례하게 말한 것이 망자존대가 아니라면 무지한 것이랍니까?"

"장사의 지적이 옳소. 전쟁에 한 번도 출전하지 않았으면서 조표 장군을 무례하게 말한 것은 백번 잘못했소이다. 하지만 이 도응이 조련해 낸 정예병을 아직 보지 않았으니 시간을 좀 주지 않겠소?"

"그리 말하는 걸 보니 군사훈련에 자신이 있다는 말로 들립니다. 그럼 여기서 가르침을 청해도 되겠습니까?"

"군사는 은밀히 진행해야 하는 법이오. 많은 사람들 앞에서 공개적으로 할 수는 없소. 임 장사가 흥미가 있다면 내 군대에 들어와 직접 이 도응의 훈련법을 경험해 보는 건 어떻겠소?"

이때 도기가 불만 섞인 목소리로 도응의 귀에 대고 속삭였다.

"형님, 미쳤어요? 저자의 팔을 보십시오. 가늘기가 새 다리 같다고요. 목소리도 남잔지 여잔지 구분도 안 가고. 저런 자를 군영에 들여 어디에 쓰려고 그럽니까?"

임청도 단칼에 거절하며 냉소를 지었다.

"관심 없소이다. 이 임청이 군에 투신하려면 북문에 있는 조표 장군 군영으로 가지 이리로 오겠습니까? 임청은 이만 물러갑니다."

그러자 도응이 갑자기 큰소리로 웃더니 경멸하듯 말했다.

"흥, 한참을 떠들더니 주둥이만 산 놈이로구나. 전쟁터에 나가 적을 무찌르고 대공을 세울 담략이 없는 것 아니냐?"

이 말에 임청의 잘생긴 얼굴이 굳어지면서 화난 목소리로 말했다.

"누가 입으로만 떠들고 담략이 없답니까? 내… 내가 칼을 들고 적을 벨 때, 이공자는 유가 경전이나 읊고 있었을 것 같소만?"

도응도 임청의 조롱에 눈이 뒤집혀 흰자위가 드러났다.

"자네가 종군하지 않겠다니 더 이상 할 말이 없다. 내 비록 재주 없지만 겁 많고 쓸모없는 자는 필요가 없다."

그러더니 도응은 홱 하고 몸을 돌려 가버렸다. 자리에 남은 임청의 낯빛이 점점 더 굳어지더니 돌연 이빨을 꽉 깨물고 군사를 모집하는 관원 앞으로 달려가 지원서를 쓰고 있는 아이를 밀치고 큰소리로 외쳤다.

"종군하겠소. 서주의 임청, 나이는 열일곱이오!"

관원은 돌발적인 상황에 적잖이 당황해 고개를 돌려 도응을 바라보았다. 이에 도응이 웃으며 고개를 끄덕이자 그 관원은 그제야 임청의 이름을 죽간(竹簡)에 적어 넣었다.

임청은 이름과 관적(貫籍)을 적고도 무기와 군복을 수령하지 않고 곧장 도응에게 성큼성큼 다가가 이를 부드득 갈며 소리쳤다.

"이공자, 그대가 조 장군의 군대를 뛰어넘는 정예병을 어찌 훈련시키는지 내 이 두 눈으로 똑똑히 지켜보리다!"

도응은 이에 아랑곳하지 않고 빙그레 웃으며 대답했다.

"임 장사에게 거는 기대가 크오. 급히 종군하느라 집에 알리지 못했을 터이니 하루 휴가를 주리다. 집에 돌아가 부모님께 인사 올리고 내일 군중으로 오시오. 내 직접 친병(親兵)의 자리를 마련해 놓으리다."

임청은 얼굴이 벌겋게 달아올라 여전히 화난 목소리로 말했다.

"누가 친병을 한답니까? 내가 종군하는 이유는 장군이 되기 위해서요!"

"기개가 좋구려. 하지만 먼저 사병부터 시작해야 하는 법이오. 장사의 능력을 본 후 자격이 되면 장군에 임명하리다."

"흥, 두고 봅시다!"

임청은 이 말을 던지고 거들먹거리며 자리에서 물러갔다.

도응은 임청의 뒷모습을 바라보며 흐뭇하게 미소 지었다. 하지만 고개를 돌리는 순간 쓸쓸한 연무장이 눈에 들어오자, 웃음기가 싹 가시며 탄식이 절로 나왔다.

"큰일이군. 겨우 8백 명을 모집하는데 이런 상황이라면 보름이 걸려도 다 채울 수 있을지 모르겠어. 매사에 시작이 어렵다더니 그 말이 꼭 맞는군."

第六章

군자군의 창설

도응의 군사 모집 시기는 확실히 좋지 못했다. 전란으로 서주의 인구가 급감한 데다 농번기를 맞아 성으로 들어오는 장정이 매우 적었고, 열흘 전 조표가 군사 모집에 나서 쓸 만한 군사는 거의 쓸어가 버렸기 때문이다. 그러다 보니 도응이 동문 연무장에서 나흘간 모집한 군사는 고작 3백 명도 되지 않았다. 이곳 문화에 익숙해지지 못한 것도 문제지만 무엇보다 치밀하지 못했던 점에 대해 반성했다.

도응이 더욱 고려하지 못했던 건 현재 서주에서 명망이 하늘을 찌를 듯한 자신이 직접 종군을 독려했음에도 별 도움이 되지 않았다는 사실이다. 그런데 서주 백성 입장에서 보면, 도응이 서주를 구한 공로는 인정하지만 전쟁은 애들 장난이 아니라는 점이었다.

그들은 사수 전투에서 무능한 장수가 수만 군사를 사지로 몰아넣는 장면을 직접 목도했다. 당시 몰살당한 서주 장병으로 인해 사수가 막혀 흐르지 않을 지경이었다.

이런 전례가 있으니 군대에 투신할 남자라면 자연히 안정적인 조표의 군대에 들어가려 하지, 풋내기인 도응을 따를 리 없었다.

그나마 다행이었던 건 서주 이공자의 명목을 봐서인지 도응의 계면쩍은 도움 요청에 서주 문무 관원이 잇달아 구원의 손길을 보냈다는 점이다. 이미 4천 신병을 모집한 조표도 도응이 매정하게 혼약을 거절한 데 연연하지 않고 경험이 풍부한 군사 6백 명을 골라 친히 도응에게 이끌고 갔다.

서주 최대 지주인 진규, 진등 부자도 가복(家僕)과 소작농의 자제로 구성된 신병 3백 명을 보냈다. 도응은 흔쾌히 이를 받아들였지만 3백 명을 모두 거둔 것이 아니라 그중 15~20세까지의 젊은이만 군에 귀속시키고 나머지는 진규 부자에게 돌려보냈다.

도응은 다른 관원들이 보낸 신병들도 모두 이같이 처리해 15~20세까지 싱싱한 젊은이만 남기고 나머지는 갖가지 핑계를 대 돌려보냈다. 다만 미축 형제가 보낸 2백 가노(家奴)만은 이미 병사 모집이 끝났다는 구실로 전부 돌려보냈다.

도응은 이 일로 미축 형제의 미움을 사 그나마 좋지 않은 사이가 더욱 벌어질 것이 분명했지만 달리 선택의 여지가 없었다.

이미 반공개적으로 유비 편에 선 이들이 보낸 군사라면 자신을 감시할 가능성이 높았고, 설사 그렇지 않더라도 신경을 곤두세우고 항상 이들을 지켜봐야 하는 번거로움이 있었다. 만약 지금 비밀리에 개발 중인 신식 장비가 미축 형제 손에 들어가는 날이면 끝장이었다. 이에 도응은 차라리 미축 형제와 등을 지는 편이 낫다고 생각했다.

미축은 도응이 자신이 보낸 가노를 모두 돌려보냈다는 말에 아우인 미방을 바라보며 냉소를 지었다.

"우리가 도응 놈을 너무 과소평가했어. 밀정을 심어놓으려는 우리 속셈을 알아챈 걸 보면 절대 바보가 아니야."

이 말에 줄곧 도응을 깔보던 미방이 흥 하고 코웃음을 쳤다.

"아직 젖 냄새도 가시지 않은 철부지 놈이 뭐가 두렵습니까? 도응 놈은 말할 것도 없고 도겸도 우리 형제를 어쩌지 못하는데요. 도겸 수하에 남은 패잔병쯤은 우리 미가 사병으로도 거뜬히 해치울 수 있습니다. 만약 도겸이 얼굴을 바꿔 우리에게 손을 쓴다면 유 공을 끌어들일 핑계도 되고요."

미축은 고개를 저으며 낮은 목소리로 미방에게 분부했다.

"보이는 창은 피하기 쉬워도 몰래 쏘는 화살은 막기 어려운 법이다. 조심하는 것이 최선이지. 아우는 몰래 사람을 보내 도응의 일거일동을 감시하게. 특히 신군을 어떻게 조련하는지 지켜보다가 수상한 점이 발견되면 즉시 나에게 알리고."

"8백 신군으로 뭘 어쩌겠습니까? 형님도 참 걱정도 팔자입니다."

미방은 입을 삐쭉대며 미축에게 불만을 표시했지만 미축이 눈을 부릅뜨고 바라보자 억지로 대답했다.

"알겠습니다. 걱정 마세요. 이 아우가 손을 써서 도응 놈을 감시하겠습니다."

미축은 아우를 못마땅한 표정으로 쳐다보다가 고개를 돌려 뒤쪽의 동문 연무장을 바라보며 의아해했다.

'도응 놈은 대체 진짜 바보인 걸까 아니면 바보인 척하는 걸까? 진짜 바보라면 자기 군대를 가질 생각을 할 수 없을 텐데… 반대로 바보인 척하는 거라면 이런 군대를 왜 조직하는 걸까? 겨우 8백 명을 어디다 쓴단 말인가?'

미축이 의혹의 시선을 보내고 있을 때, 도응은 조표의 호의를 받아들여 조표의 군대에서 모자란 나머지 군사를 충원하기로 마음먹었다.

도응이 승낙을 표하자 도응에게 연줄을 대려고 다급해진 조표가 안도의 한숨을 내쉬었다. 그는 자신이 데려온 6백 정병(精兵)에게 연무장에 도열하라고 명한 후 대오를 가리키며 도응을 보고 호탕하게 웃었다.

"이공자, 편히 고르십시오. 이 6백 형제는 말장의 주력부대에서 추린 자들입니다. 모두 정예 중에 정예로, 대부분 사수관 전투에서 살아남은 백전노병이라 공자의 맘에 드실 겁니다."

이때 도응의 입에서 뜻밖의 대답이 나왔다.

"아니오. 전 노병은 필요 없습니다. 조 장군이 오해하셨군요. 저는 장군이 이번에 새로 모집한 신병 4천 명 중에 고르겠습니다."

"신병이라고요?"

조표는 눈이 크게 떠졌다가 문득 깨닫는 바가 있어 절로 고개가 끄덕여졌다. 도응 같은 책벌레가 어찌 노병의 중요성을 알겠는가?

도기도 옆에서 소리를 질렀다.

"형님, 어찌 이리 어리석습니까? 대체 군사를 알기는 아는 거요? 경험 많은 정예 노병을 물리고 신병으로 뭘 한답니까? 노병이 없으면 신병을 어떻게 훈련시킬 거요?"

집으로 돌아갔다가 사흘이나 지체하고 돌아온 임청도 막 귀대 보고를 하려다가 이 얘길 듣고 몰래 다른 신병들 뒤에 몸을 숨기고 도응을 욕했다.

"정말 바보야. 군사에 대해서는 쥐뿔도 모르는 책벌레로구먼."

도응은 눈을 부릅뜨고 도기를 바라보며 흥 하고 비웃었다.

"네가 뭘 안다고 나서느냐? 신병을 얕보지 마라. 그들은 먹이 묻지 않은 종이요, 조탁(彫琢)하지 않은 옥돌이다. 그들을 훈련시키면 힘은 적게 들고 성과가 크니라! 반면 노병은 이미 자기만의 싸움 습관이 몸에 배어 새로 훈련시키려면 힘은 배로 들고 공은 적으니라!"

혼이 나고도 자기 분에 못 이겨 씩씩거리는 도기를 뒤로 한 채 도응은 조표에게 예를 갖추고 말했다.

"장군의 호의는 잘 알겠습니다만 저도 나름대로 생각이 있으니 신병을 좀 나누어 주십시오. 또한 서주의 원기가 크게 상한 마당에 제가 장군 휘하의 정병을 취하면 장군의 군사 대계에도 영향이 미칠 것입니다."

조표도 정색한 얼굴을 띠고 진중하게 말했다.

"공자, 말장이 노인네 티를 낸다고 여기지 마시고 들어주시오. 집에 노인이 있으면 보물이 있는 것과 같다고 했습니다. 군대 안에도 노병이 있으면 신병이 적응하는 데 큰 도움이 됩니다. 전부 신병으로 이루어져 있으면 훈련하는 데 어려움이 따를까 염려됩니다."

"장군의 호의에 감사합니다. 저도 그런 이치쯤은 알고 있지만 사양하겠습니다. 시간이 지나면 신병을 뽑으려는 이유를 장군도 저절로 알게 될 것입니다."

도응의 태도가 이처럼 단호하자 조표도 길게 탄식하더니 하는 수 없이 고개를 끄덕여 동의했다. 이에 도응을 서주 주력부대가 주둔한 북문으로 데려가 신병 4천 명 중 원하는 대로 고르도록 내버려 두었다.

도응은 자기 손으로 병사를 고르게 되자 절로 신이 났다. 역시나 이번에도 15~20세 사이의 젊은이들만 골라내는 그의 손길엔 왠지 힘이 넘쳐 보였다.

이를 고깝게 바라보던 도기의 분노가 마침내 폭발하고 말았다.

"지금 전장에 나갈 용사를 고르는 겁니까 아니면 샌님들을 모아놓고 글을 가르치려는 겁니까? 형님이 이런 식으로 나온다면 저는 차라리 조 장군 휘하로 들어가렵니다!"

사실 도응도 삼국 전쟁사에 명함도 내밀지 못한 도기를 굳이 데리고 있고 싶지 않았다. 하지만 애석하게도 현재 도응에게는 도기를 제외하면 일을 믿고 맡길 조수가 하나도 없을 정도로 인재가 부족했다. 하니 어쩌겠는가. 이런 놈이라도 남겨놓는 수밖에.

그러나 도응도 직접 그를 만류하지 않고 냉랭하게 쏘아볼 뿐이었다. 그 눈빛이 어찌나 차가왔는지 몸이 얼어붙을 지경이었다.

"형님……."

그 눈빛에 머리카락이 곤두선 도기는 이내 풀이 죽은 얼굴로 고개를 떨어뜨렸다. 도응도 이런 그를 무시하고 계속 신병을 고르는 데 열중했다.

도응이라고 조표와 도기가 걱정하는 바를 모르겠는가. 하지만 현재 서주의 여건이나 자신의 능력으로 봤을 때 대량의 군사를 가지기는 거의 불가능했다. 이런 상황에서 필요한 건 수는 비록 적지만 규율이 엄격한 군대였다. 이를 위해서는 약아빠진 고참병이 아니라 물정 모르는 신병이 꼭 필요했다. 그리고 현재 그가 준비 중인 비장의 무기… 이를 활용하는 데 신병이 더 적합했다.

도응은 이런 생각을 하며 만족스러운 웃음을 지었다.

반나절이 걸려 도응은 마침내 8백 신병의 수를 모두 채웠다. 그런데 문득 훈련 중에 도태되는 병사들이 생길 게 분명하다는 생각이 들었다. 이에 예비로 신병 백 명을 더 뽑기로 했고, 조표도 이에 반대하지 않고 미소를 띠며 도응의 요구에 응했다.

몇 번의 우여곡절을 겪으며 도응은 마침내 여기저기서 끼워

맞춘 신병대 9백 명을 조직했고, 그날 밤 서주 동문 연무장에서 성군식(成軍式)을 거행했다.

먼저 신병들에게 군복과 군기를 나눠준 후, 도응은 도열한 대오 앞의 높은 대에 올라 쓸데없는 말은 다 집어치우고 곧바로 본론으로 들어갔다.

"형제들이여, 오늘은 우리 부대가 성립한 위대한 날이다. 오늘 이후로 대한의 장사가 된 제군들에게 어떤 일이 있어도 매월 3석(1석은 약 30킬로그램) 3두 3승의 속미(粟米)를 지급하고, 매년 여름과 겨울 두 차례 군복을 지급할 것이다. 이는 모두 제군들이 마땅히 얻어야 하는 것이다. 단 이것만은 반드시 기억하라. 이 양식과 의복은 모두 한의 백성에게서 나왔으며, 하나하나가 모두 백성의 피땀인 것이다! 이것이 바로 제군들이 가슴에 새겨야 할 일이다! 백성이 비가 오나 바람이 부나 부지런히 일해서 제군들을 먹이는 것은 제군들이 전쟁터에 나가 적을 무찔러 나라를 지키고 그들의 안거낙업(安居樂業)을 지켜주길 바라기 때문이다. 그런데 이를 수행하지 못한다면 제군들이 무슨 소용이 있겠느냐! 제군들의 사명이 무엇인지, 누구를 위해 싸우고 또 왜 싸우는지 반드시 기억하라. 그러면 제군들은 영원히 전쟁에서 패하지 않고 물리치지 못할 적이 없을 것이다!"

길게 말을 마친 도응이 숨을 한 번 돌리고 외쳤다.

"자, 마지막으로 나를 따라 외쳐라! 보가위국(保家衛國), 보경안민(保境安民)!"

"보가위국, 보경안민!"

도응이 특별히 뽑은 젊은 신병들은 도응의 말에 담긴 뜻을 알아들었는지는 모르겠지만 다들 손에 든 무기와 깃발을 들고 도응을 따라 절도 있는 목소리로 크게 소리쳤다. 연설엔 현실적인 면과 명분이 모두 담겨 있었다.

장병들의 입장에서는 입에 풀칠하기도 바쁜 난세에 안정된 수입이 보장된 데다가 한의 남아로서 가슴이 뜨거워질 명분까지 제시받았다.

이번 연설로 인해 그동안 도응을 미심쩍게 바라보던 도기와 임청도 생각이 조금씩 바뀌기 시작했다. 도응 옆에서 검을 들고 구호를 따라하던 도기는 마음속으로 몰래 생각했다.

'천생 바보로만 알았는데 이런 멋진 연설을 해낼 줄이야.'

"연설은 그럴듯했지만 군사는 과연 어떨지 모르지."

도응의 친병대에 서 있던 임청도 혼잣말로 중얼거렸다. 사실 임청은 도응의 권유에도 친병대에 들어가길 한사코 거절했다. 그러나 군영에 갔다가 장정 십여 명이 함께 막사에서 지내야 한다는 얘길 듣고 얼굴이 파랗게 질려 결국 도응의 제의를 받아들이고 속절없이 도응 곁을 따라다니는 친병 신세가 되었다.

"이만 해산! 다들 식사를 하러 간다. 오늘은 우리 부대가 창설된 날이니 제군들은 술과 고기를 마음껏 즐기고 막사로 돌아가 휴식을 취하라! 내일 묘시부터 멋진(?) 하루가 시작될 것이다!"

도응은 만면에 괴이한 웃음을 짓고 소리쳤다.

"와!"

9백 신병은 앞으로 지옥문이 열릴지는 꿈에도 모른 채 기쁨의 환성을 지르며 누가 먼저랄 것도 없이 향긋한 냄새가 진동하는 취사장을 향해 달려갔다.

환호작약하는 신병 무리를 가만히 지켜보던 도응이 도기와 임청을 데리고 단에서 내려와 막 식사를 하러 가려고 하는데 누군가 부르는 소리가 들렸다.

"이보게들, 잠시 기다리게."

단 아래로 걸어오는 사람을 힐끗 보니 뜻밖에 그는 도응의 형 도상이었다. 도응은 재빨리 포권하며 예를 갖췄다.

"이 아우가 불민하여 형님이 납신 줄 몰랐습니다. 마중 나가지 못해 죄송합니다."

도상을 흐뭇한 웃음을 지으며 도응의 두 손을 꼭 잡았다.

"그만 일어나게. 아우가 병사를 다 모집했다는 소식을 들었네. 부친의 병세도 요 며칠 많이 호전되어서 바람도 쐴 겸, 축하도 할 겸 나와 봤네."

"감사합니다, 형님."

도상은 호인처럼 껄껄 웃으며 말했다.

"동기간에 무슨 예를 차리나? 방금 아우의 연설은 천고에 남을 명연설이야. 병사들이 이 점만 똑똑히 기억한다면 아우의 말대로 '백전불태'의 전사가 될 걸세."

"과찬이십니다, 형님. 하지만 말은 쉬워도 행하기는 어렵습니다. 병사들이 진정으로 이 점을 마음에 새기는 데 몇 날이 걸릴지 모르겠습니다."

도상은 아우의 말에 동의를 표한다는 듯 고개를 끄덕이더니 문득 무슨 생각이 났는지 도응에게 말했다.

"이 군대는 조표 장군에게 예속되지 않고 아우가 직접 지휘하잖나? 그런데 모두 다 서주군이라고 부르면 헛갈릴 염려가 있으니, 어리석은 형 생각에는 구분을 위해서라도 따로 군대명을 짓는 게 낫지 않을까 싶네."

"형님의 지적이 옳습니다. 아우도 그 생각은 하고 있었지만 좋은 이름이 생각나지 않습니다."

그러자 도기가 기다렸다는 듯 제안했다.

"조조 놈의 군대 중 최정예 기병이 호표기니, 호랑기(虎狼騎)가 어떻겠습니까?"

도상은 고개를 내저었다.

"호랑이나 호표나 다 금수 아닌가? 둘째의 군대는 인의의 군대인데 어찌 금수로 명명한단 말이냐?"

"호랑의 '호'는 호랑이처럼 위엄이 있고, '랑'은 늑대처럼 민첩하다는 말이어서 결코 금수의 뜻은 없습니다."

"너무 억지스러워. 인의의 군대를 금수로 명명할 수는 없다."

도기가 불만 섞인 목소리로 투덜거렸다.

"인의의 군사와 군대 명이 무슨 상관이랍니까? 형님 말씀대로라면 아예 인의군자군이라고 하지 그러십니까?"

"인의군자군?"

도상의 눈이 번뜩하더니 재빨리 도응을 돌아보며 말했다.

"군자군이란 이름은 어떠하냐? 군자라는 이름이 아우의 인품과 딱 맞아떨어지니 이보다 더 좋을 수는 없구나!"

도기는 어이가 없었는지 목소리가 찢어지듯 갈라졌다.

"군자군이요? 형님, 이름 참 잘 지으십니다그려. 이런 나약한 군대 명이 세상 어디에 있답니까?"

도응은 이 이름에 구미가 당겨 조금은 마음이 흔들렸다. 그러나 좀 더 생각해 보더니 주저하며 말했다.

"군자군, 발음이 영 어색합니다. 낭랑하거나 입에 착 달라붙지도 않고요."

도상이 고개를 저으며 말했다.

"두 아우 모두 틀렸네. 사서 기록을 보면 5백여 년 전에 군자군이 있었고, 또 당시 최강의 군대였지."

"5백 년 전에 군자군이 있었다고요?"

도응의 눈이 동그랗게 커졌다. 역사에 정통하다고 자신하는 그도 처음 듣는 이야기였다.

"그렇다네. 5백여 년 전, 월왕(越王) 구천(勾踐) 휘하의 최정예가 바로 군자군이었네. 〈국어(國語)〉 '오어편(吳語篇)'에 '월왕이 사졸인 군자 6천 명을 중군으로 삼았다'고 기록되어 있지. 구천이 와신상담해 마침내 치욕을 씻고 오나라를 멸할 그때의 주력부대가 바로 군자군이네!"

도응은 기대 이상의 말에 크게 기뻐하며 무릎을 쳤다.

"좋습니다! 형님이 지어주신 이 이름이 제 마음에 꼭 듭니다. 아우의 군대는 이제부터 '군자군(君子軍)'이라고 부르겠습니다!"

도기도 반질반질한 턱을 문지르며 동의를 표했다.

"그렇게 들으니 군자군도 괜찮네요. 월왕 구천처럼 우리 서주군도 군자군으로 명명하고 과거의 치욕을 모조리 씻어 버립시다!"

도응은 만면에 웃음을 띠고서 도기에게 명했다.

"아우는 사람을 시켜 오늘밤 안으로 청아(青牙) 대기 세 폭을 만들게. 수자기(帥字旗)에는 '군자' 두 글자를 크게 쓰고, 나머지 두 폭은 따로 고민해 보지."

"'와신상담(臥薪嘗膽)'과 '여정도치(勵正圖治)' 두 행이 어떨까요?"

도웅은 고개를 설레설레 젓고 잠시 고민하더니 갑자기 손뼉을 쳤다.

"한 폭에는 '인의예지신(仁義禮智信)' 다섯 자를 넣고, 다른 한 폭에는 '온량공검양(溫良恭儉讓)' 다섯 자를 넣어라."

도기의 입에서는 순간 괴성이 흘러나왔다.

"네? 두 깃발에 이 글자들을 넣는다고요? 우리 군대 깃발에요?"

이를 듣고만 있던 도상이 박수를 치며 함박웃음을 터뜨렸다.

"절묘하구나. 아우는 과연 겸겸군자(謙謙君子)로다. 인의예지신, 온량공검양 모두 성인의 말씀이니 우리가 따라야 할 준칙이다."

"옳습니다. 성인의 깃발을 내걸고 천하의 적을 일소하겠습니다!"

"아우가 '인의'를 기(旗)로 삼고, '자애'를 치(幟)로 삼아 군자군을 이끈다면 틀림없이 전도가 무량(無量)할 것이야!"

하지만 옆에서 듣고 있던 도기와 임청은 마음속으로 길게 탄식했다.

'휴, 전도가 무량(無亮)이겠지. 이 기치를 들고 싸우러 나갔

다간 천하 제후들의 웃음거리가 될 게 빤하잖아.'

도기는 울상이 되어 머릿속만 점점 더 복잡해졌다.

'하루라도 빨리 조표 장군 휘하로 들어가는 게 낫겠어. 둘째 형을 따랐다간 앞길이 너무 막막해. 뭐, 인의예지신? 온량공검양? 저런 책벌레들 머릿속에서나 딱 나올 법한 구호로군.'

임청도 자신의 선택이 잘못됐음을 탄식했다.

'저 책벌레에게 시간 낭비하지 말고 차라리 떠나자. 이런 전쟁기를 들고 싸우러 나갔다간 누가 겁을 먹겠어? 비웃음을 사지 않으면 다행이지.'

마침내 도응은 형 도상의 제안에 따라 친히 조직한 최초의 군대 명을 극히 낭랑하면서도 문아(文雅)한 '군자군'이라 지었다. 여기에 '인의예지신'과 '온량공검양'을 구호로 삼았다.

물론 도응의 이 부대 이름과 구호가 제대로 붙여졌는지 지금으로서는 아무도 모른다.

그러나 현대인인 도응이 그렇게 순진할 리 없다. 이 명칭과 구호에는 의도하는 바가 따로 있었다. 사물의 겉모습만 본다면 적절치 않겠지만 이후 부가적으로 따라올 효과를 생각한다면 이보다 좋은 이름은 없다는 계산이었다.

도응에게 호기심을 느껴 찾아왔을 뿐 전혀 군인이 될 마음이 없었던 임청은 재삼 주저하다가 당장 탈영할 마음을 접고 군자군에 며칠 더 머물기로 결심했다.

'그래, 좀 더 지켜보다가 날 계속 실망시키면 그때 미련 없이 떠나는 거야.'

하지만 이튿날 임청은 왜 어젯밤에 떠나지 않았을까 크게 후회했다.

홍평 원년 3월 초열흘 새벽 묘시, 서주성 동문 연무장에는 채색 깃발이 펄럭였다.

가운데 자리한 청아 대기 수자기에는 '군자' 두 글자가 크게 씌어 있고, 좌우 양쪽 부기(副旗)에는 '인의예지신'과 '온량공검양' 다섯 자가 각각 씌어 있었다. 깃발 아래에는 9백 군자군이 도열해 섰다. 도응은 친히 군대를 지휘하며 첫 번째 군사훈련을 실시했다.

혹은 기대감을, 혹은 경계심을 가진 자도 있겠지만 호기심 때문에 서주의 문무 관원 전원이 도응의 군사훈련을 보러 참석했다. 연로하고 다병한 도겸은 도상과 조굉을 이끌고 왔고, 조표는 서주 무장들을 거느리고 자리를 메웠다.

진규, 진등 부자는 서주 지방 사족(士族)을 이끌고 왔고, 미축, 미방 형제는 서주 문관 무리를 이끌고 참석했다. 여기에 무수한 서주 백성들이 연무장 주위를 에워싸고 군자군의 첫 군사훈련을 지켜봤다.

그런데 도응이 첫날부터 무기와 갑옷을 병사 전원에게 나눠

주는 것을 보고 조표 등 무장들은 속으로 조소를 날렸다. 신병들이 이 비싼 무기와 갑옷을 들고 도망갈 수 있다는 점을 전혀 고려하지 않은 조치였기 때문이다.

어쨌든 도응의 첫 번째 명령이 떨어졌다. 그 명령은 갑옷을 입고 무기를 든 채 연병장을 도는 것이었다. 도응은 이어 모든 병사들은 십 리를 달릴 것이고, 자신이 직접 채찍을 들고 뒤를 따르며 게으름을 피우거나 낙오하는 자에게 가차 없이 채찍질을 가하겠다고 말했다.

군자군에게는 악몽이 시작되었다. 무거운 갑옷을 입고 무거운 무기를 들고 달리는 병사들은 온몸이 땀으로 흠뻑 젖었다. 조금만 뒤처지면 채찍이 가차 없이 가해져 온몸이 욱신거리고 처량한 귀곡성이 절로 나왔다.

군사 훈련이 마뜩잖았던 임청은 괜히 게으름을 피우다 몇 발자국 뒤처지는 바람에 도응에게 매서운 채찍질을 맞고 아파서 당장에라도 눈물을 쏟을 뻔했다.

가까스로 십 리를 채우고 기진맥진한 군자군 앞에 이번에는 둥글고 매끄러운 나무가 기다리고 있었다. 나무는 모두 시렁에 걸쳐져 있었고, 바닥에서 네 자 남짓 떨어져 있었다. 도응은 이 나무를 가리키며 크게 소리쳤다.

"제군들은 모두 이 나무 위에 올라가 말 타는 자세를 취하라. 두 다리가 땅에 닿아서는 안 되고 양손에는 반드시 무기를 들어라. 서로 부축해 주어서도 안 되고 휴식은 그 자세로 취하라!"

서주 백성의 떠들썩한 웃음과 서주 관원의 의아스러운 눈빛 속에 9백 군자군은 우스꽝스러운 자세로 둥근 나무를 말 삼아 타며 숨을 헐떡였다. 둥근 나무는 이미 나무껍질을 벗겨 매우 미끄러운 관계로 앉아 있기도 어려웠다. 이에 많은 병사들이 잇달아 땅에 떨어지자 웃음소리가 여기저기서 터져 나왔다. 도응은 노한 목소리로 소리쳤다.

"빨리 올라가라. 나무를 말 타듯 하며 두 다리를 꽉 죄어라! 오늘은 첫날이라 용서하겠다만 다음에 다시 떨어지면 군법에 따라 벌하겠다!"

아들의 우스꽝스런 훈련을 지켜보며 도무지 무슨 영문인지 몰라 하던 도겸이 참지 못하고 좌우에 물었다.

"응이가 뭘 하고 있는 것이냐? 예순이 넘는 평생 이런 훈련법은 본 적이 없구나."

서주 관원들도 고개를 갸우뚱하기는 매한가지였다. 하지만 다행히 이를 알아본 자가 없지는 않았다. 유심히 지켜보던 조표가 도겸 앞으로 다가왔다.

"주공께 아뢰옵니다. 말장의 예측이 틀리지 않다면 공자는 지금 기마 훈련을 하는 것입니다. 공자는 군자군을 기병으로 키울 계획인 듯합니다. 당장 전마가 갖춰지지 않아 말 대신 둥근 나무에 오르도록 한 것인데, 나무가 미끄러워 병사들은 두 다리로 나무를 꽉 죄는 수밖에 없습니다. 이는 기술(騎術) 훈련과 똑같습니다."

삼국시대에는 아직 등자가 발명되지 않아 말 위에서 몸의 균형을 유지하려면 두 다리로 말 등을 죄어야 했다. 조표의 상세한 설명에 서주 관원들은 그제야 깨닫고 잇달아 도응의 총명함을 칭찬했다. 말이 부족한 상황에서 이런 기병 훈련법을 생각해 내다니, 대단했다. 도겸도 고개를 끄덕이더니 흰 수염을 어루만지며 옆에 서 있던 조굉에게 분부했다.

"개평(開平), 응이의 군자군에게 필요한 전마를 해결해 줄 방법을 생각해 보게. 저런 둥근 나무나 타게 해서 되겠는가? 군사들이 얼마가 힘들겠는고."

개평은 조굉의 자다. 조굉은 읍하며 대답했지만 이내 인상을 찌푸리며 말했다.

"이런 말씀드리기 송구하오나 이공자가 요구한 물자가 사실 너무 많아서 말장이 단번에 준비하기가 어렵습니다. 특히 전마는 말장도 모으기 쉽지 않습니다."

도겸이 의아한 표정으로 물었다.

"각지 상인에게 사들이면 되지 않는가? 고작 전마 8~9백 필을 구하지 못한다고?"

조굉의 얼굴은 울상이 되었다.

"말장이 사지 못하는 것이 아니라… 이공자가 요청한 전마를 가진 상인이 거의 없습니다. 이공자가 요청한 것은 호게(呼揭), 견곤(堅昆), 정령(丁零) 등 북흉노 일대에서나 키우는 전마입니다. 또 암말만 필요하다는 통에 창졸지간 어디서 이공자의 조건에 부합하는 전마를 사들이겠습니까?"

이 말에 조표와 미축 형제는 잠시 정신이 멍해졌다. 이어 미방은 하마터면 웃음이 밖으로 새어 나올 뻔했다.

'이런 머저리를 봤나? 북흉노의 전마가 무슨 말인지도 모르면서 기병을 훈련시키겠다고?'

조표가 의문이 들어 조굉에게 물었다.

"그 일대에서 산출되는 전마는 별로 좋지 않던데… 이공자가 전마를 알기나 하는 건가? 북흉노 전마는 키가 작고 왜소해 나귀와 비슷하고 빨리 달리지도 못하지. 전부터 중등품으로 취급받았는데 왜 전마로 쓰려 하는 것이지?"

조굉은 고개를 끄덕이며 쓴웃음을 지었다.

"이공자가 마종을 고르지 않았다면 며칠 내로 전마 천 필을 준비했을 텐데, 이런 말을 찾다 보니 말장도 방법이 없습니다."

도겸이 탄식하며 조굉에게 분부했다.

"웅이가 말을 모르는구나! 조굉, 웅이의 말을 듣지 말고 최대한 빨리 전마를 준비하게. 그런 전마를 찾기 어려웠다고 대충 둘러대고. 혹시 웅이가 추궁하면 노부가 시켰다고 말하게. 내 대신 설명하겠네."

그제야 조굉은 얼굴이 펴지며 길게 한숨을 내쉬었다. 십 년 묵은 체중이 쑥 내려가는 기분이었다.

도겸은 다시 곁에 있던 미축 형제를 보고 웃으며 말했다.

"미 별가, 웅이 군중에 전마가 부족한 걸 봤을 것이네. 별가가 유 공을 위해 서역의 상등마 수백 필을 사들였다고 들었는데, 조금만 융통해 줄 수 있겠나?"

'교활한 늙은이 같으니라고. 대체 그런 말은 어디서 들은 거야?'

미축은 속으로 욕을 퍼부으면서도 겉으로는 만면에 미소를 띠며 대답했다.

"주공께서 묻지 않아도 이 미축이 이공자에게 군자군 성립을 기념해 그 상등마 중 2백 필을 헌사할 생각이었습니다. 공자에게 말이 부족하니 당장 보내드리겠습니다."

"아, 그러했구려. 노부가 견자를 대신해 미 별가에게 감사하오."

이 말에 속에서 열불이 난 미방이 억지로 미소를 띠며 미축에게 말했다.

"형님은 잠시 멈추십시오. 이공자가 기왕 북흉노에서 산출되는 암말을 요구했으니 그의 생각대로 따르는 게 옳다고 생각합니다. 어째서 우리 마장에 있는 중등 전마를 골라 이공자에게 바치지 않는 것입니까?"

미축은 동생의 말뜻을 바로 알아차렸다. 서역 상등마의 가격과 북흉노 중등마의 가격은 천지 차이였다. 이에 미축이 재빨리 고개를 끄덕이고 말했다.

"아우의 말이 극히 옳다. 이공자가 북흉노의 암말을 요구했으니 최대한 이공자의 말에 따르는 게 좋겠구나."

부창부수하는 미축 형제의 말을 듣고 조굉, 조표 등 서주 충신들은 얼굴색이 붉으락푸르락했다. 도겸도 불만이 가득했으나 중등마는 확실히 도응이 요구한 것이라 별다른 말을 하지 못하고 가볍게 미소를 짓고 말았다.

그는 우스꽝스럽게 나무 타는 훈련을 시키는 도응을 바라보며 속으로 탄식했다.

'응아, 대체 무슨 생각인 것이냐?'

가련한 군자군 병사들은 도응의 독촉에 무려 한 시진이나 둥근 나무와 씨름해야 했다. 겨우 땅에 발을 디디고 열을 맞춘 군자군은 이번에는 지루하기 짝이 없는 기마보(騎馬步) 훈련을 시작했다.

도응은 채찍을 들고 순시하며 가슴을 펴고 배를 집어넣으며 눈은 전방을 주시하라고 다그쳤다. 서 있는 자세가 조금이라도 흔들리면 그 즉시 채찍이 날아갔다.

이렇게 쓸데없어 보이는 훈련에 시간과 노력을 기울이는 모습을 보고 도기와 임청은 도무지 이해가 되지 않았다.

그뿐이랴. 도겸과 조표 등 서주 관원들도 이 장면을 더 이상 눈 뜨고 보기 어려웠다. 특히 조굉은 군자군 창설에 쏟아 부은 거액의 전량이 아까워 미칠 지경이었다. 진규 부자 등 중립적인 입장에 서 있는 관원들은 아무런 표정도 드러내지 않았지만 속으로는 괜히 시간만 낭비했다고 투덜거렸다.

한편 미방은 얼굴에 희색을 띠고 이빨을 드러내 놓고 웃었다. 그는 미축의 귀에 속삭였다.

"이 아우가 보기에 이제 도응에게 괜한 시간을 낭비할 필요가 없겠습니다. 그 많은 인력을 동원해 도응을 감시하는 일은 그만두시죠."

미축도 가만히 고개를 끄덕이다가 미방의 귀에 대고 낮은 목소리로 말했다.

"이 상황을 유 공에게 비밀리에 아뢰고 소패에 있는 북흉노 암말을 골라달라고 전해라. 그리고 우리가 새로 산 상등 서역 말을 유 공에게 드린 다음 흉노 말은 도응에게 보내게."

한참이 지났건만 도응이 여전히 군사들에게 기마보 훈련만 시키고 있자, 도겸은 장탄식을 내뱉으며 끝내 자리를 떴다. 그러자 서주 관원들은 대사면이라도 받은 듯 잇달아 자리에서 일어났다. 순식간에 모두 빠져나간 자리에는 조굉만이 공무로 남아 훈련이 끝나길 기다렸다. 그러나 조굉도 흥미를 잃은 지 오래라 그늘진 자리를 찾아 앉아 하품을 하고 꿈나라로 빠져들었다.

첫째 날 정식 훈련이었기 때문에 도응도 신병들에게 너무 많은 것을 요구하기란 무리라고 생각했다. 오전 내내 기마 자세로 서 있던 병사들은 오시가 돼서야 휴식을 가지고 점심식사를 할 수 있었다.

해산 명령이 떨어지자 미동도 않고 서 있던 병사들은 일제히 안도의 한숨을 내쉬었다. 대부분은 그대로 땅바닥에 쓰러져 마비된 다리를 주물렀고, 일부는 지친 다리를 절뚝거리며 취사장으로 걸어갔다.

신병과 함께 훈련에 참가한 도기는 끓어오르는 분노를 참지 못해 도응에게 따지려고 다가가는데, 이때 조굉이 빠른 걸음으로 달려왔다. 그는 손에 들고 있던 우전(羽箭) 두 개를 도응에게 건네며 말했다.

"분부대로 요청한 우전 두 개를 만들었습니다. 한 번 살펴보시죠."

도기는 호기심 어린 눈으로 우전을 바라봤다. 그런데 우전 두 개가 모양이 각각 달랐다. 하나는 화살대가 매우 가늘고 철로 된 살촉이 작으면서도 뾰족했는데, 다른 하나는 화살대가 두껍고 살촉이 넓고 컸다. 도기는 이를 기이하게 여겨 방금 전까지 무슨 일이 있었는지도 잊은 채 물었다.

"화살을 어찌 두 가지로 만든 거요? 또 무슨 쓸모가 있는 것이요?"

도응은 도기의 궁금증을 풀어주기 위해 화살을 들고 설명했다.

"크게 쓸모가 있다. 가늘고 가벼운 이 화살은 원거리 사격용이라 사정거리가 매우 길어 적이 우리를 맞힐 수 없는 곳에서도 적을 살상할 수 있다. 두껍고 무거운 이 화살은 근거리 전투용이다. 사정거리는 비록 짧지만 위력이 강해 갑옷도 뚫을 수 있다."

"정말입니까? 한 번 봅시다."

도기는 신기해하며 재빨리 그 화살들을 손에 들고 자세히 관찰한 후 무게를 가늠해 보았다.

조굉은 다시 물건 하나를 꺼내며 말했다.

"이 사의(紗衣)도 한 번 보십시오. 분부에 따라 전부 생사(生絲)로 짰습니다. 말장이 최고의 직공을 찾아 촘촘하게 만들었습니다."

도기가 고개를 갸웃하며 물었다.

"여자나 입는 사의는 어디에 쓰시려고요?"

도응은 그 사의를 이리저리 잡아당기며 강도를 시험해 보면

서 대답했다.

"화살 방어용이다. 생사를 촘촘하게 짜면 날랜 화살도 뚫기 어렵지. 이 사의를 몸에 걸치면 화살에 맞아도 큰 부상을 면할 수 있다. 이렇게 되면 경상에 불과할 것이니 사병의 사망을 최소화할 수 있다."

도기는 다시 사의를 건네받아 요모조모 살펴보았다.

"그래요? 이런 좋은 물건이 있었다니……."

그런데 이때 조광이 울상을 지으며 말했다.

"물건은 다 준비했습니다만 너무 비쌉니다. 사의를 9백 벌 만들려면 전량이 얼마나 필요한지 아십니까?"

"내 미처 몰랐습니다. 하지만 9백 벌이 꼭 필요하니 조 장군이 어떻게든 방법을 찾아보십시오."

도응은 앓는 소리를 하며 장난을 쳤다. 조광의 얼굴이 더욱 시무룩해지자 도응이 화살을 들고 웃으며 말했다.

"조 장군, 받은 게 있으니 주는 것도 있어야겠죠? 값비싼 사의를 공짜로 달라고 하겠습니까? 제가 돈을 절약할 방법을 알려드리죠. 이 가벼운 화살의 살촉을 더 가늘게 반으로 만드십시오. 그럼 철값을 적잖이 아낄 수 있습니다."

"그래도 되겠습니까? 살촉이 너무 작다고 할까 봐 걱정했는데 기왕 그렇다면 공장(工匠)에게 따로 만들라고 명하겠습니다."

"조 장군이 수고가 많습니다. 그런데 제가 말씀드린 목공 10명은 알아보셨는지요? 또 단단한 목재도 말입니다."

"준비는 모두 끝났습니다. 오늘 오후에 사람 편에 목재를 보내겠습니다. 목공들은 말장이 데리고 찾아뵙죠."

조굉은 도응이 만족해하는 모습을 보고 계속 찜찜했던 얘기를 꺼냈다.

"참, 전마에 관해서는 주공께서 따로 말씀하셔서……."

그러고는 방금 전 있었던 일과 도겸의 분부를 그대로 도응에게 전했다. 그 얘길 듣고 도응은 이마를 치며 말했다.

"아, 내가 왜 그 생각을 못했을까? 다행히 미 별가 형제가 일깨워 주었군요. 이 방법이면 전마 문제는 금방 해결됩니다."

"어떻게 해결된단 말인지……."

"바꾸는 겁니다! 조 장군 수중에 좋은 말이 있을 것 아닙니까? 이 말을 조표 장군에게 주고 조표 장군 부대에 있는 북흉노 전마와 바꾸십시오. 조표 장군도 틀림없이 동의할 것입니다."

조굉과 도기는 동시에 경악성을 질렀다.

"악!"

그들은 도응의 생각이 도무지 납득이 가지 않았다.

"상등마로 중등마를 바꾸다니요? 아니 이런 밑지는 장사가 어디 있습니까? 도무지 이해가 안 됩니다!"

"차차 알게 될 걸세. 중등마는 단지 천리마를 알아볼 백낙(伯樂)을 만나지 못한 것뿐이네. 아우가 중등마의 장점을 몸소 체험한다면 다른 사람이 한혈보마(汗血寶馬)를 선물해도 맘에 안 찰 거네."

도기와 조광은 대체 무슨 저런 바보 같은 말이 있냐며 혀를 끌끌 찼다. 하지만 그들은 모르고 있었다. 천 년 후 이 말을 전마로 삼아 중국 대륙은 물론 유럽까지 휩쓴 칭기즈칸이란 영웅이 나타날 것이란 사실을.

"그럼 이렇게 결정합시다!"

도웅은 도기 입에서 다른 말이 나오기 전에 재빨리 결론을 내렸다. 그런 다음 조광에게 당부했다.

"번거롭겠지만 목공을 보낼 때 장군 휘하의 군사 50명만 함께 보내십시오. 비밀 임무를 맡길 예정이니 꼭 믿을 만한 사병이어야 합니다. 단양 병사면 더할 나위 없이 좋고요."

第七章

미축 형제를 속이다

군자군이 창설된 바로 그날 저녁에 탈영병이 생기고 말았다. 탈영병은 다름 아닌 도응의 친병 임청이었다.

탈영병이 발생했다는 소식은 이제 막 창설된 군자군의 사기를 떨어뜨렸다.

어떻게 봐도 군자군이 맘에 들지 않았던 도기는 더욱 의기소침해졌다. 군자군의 앞날이 빤히 보였기 때문이다. 하지만 도응은 이 소식을 들은 후에도 감정의 변화를 보이지 않았다.

다만 다음 날 훈련에 앞서 병사들에게 일장연설을 늘어놓았다.

"제군들에게 좋은 소식 한 가지를 전하려 한다! 전장에서 제군들의 발목을 잡고 단결을 방해할지도 모를 쓰레기가 어젯밤에 스스로 도망가 버렸다. 따라서 제군들은 이를 다행으로 여기고 기뻐해야 한다!"

이 말에 군자군 병사들은 서로 쑥덕쑥덕 대며 도웅이 대체 무슨 말을 하는지 영문을 몰랐다.

"내가 왜 이 일을 기뻐해야 한다고 말하는지 다들 의아해할 것이다. 이제부터 그 이유를 설명해 주겠다. 만약 임청이란 놈이 도망가지 않고 계속 우리 군자군 내부에 숨어 있었다면 전장에서 어떤 결과가 빚어졌겠는가? 우리가 돌격할 때 그는 후미로 빠질 것이고, 굳게 지킬 때 꽁무니를 뺄 것이며, 적과 혈전을 벌일 때 제군들의 칼 뒤에 숨고, 승리하면 가장 먼저 앞으로 달려가 전리품을 챙겼을 것이다. 이런 자가 우리 군자군에 필요하다고 보는가?"

도웅의 설명에 이제까지 의심을 품고 있던 군자군 병사들은 일제히 결연한 태도를 보이며 우렁차게 외쳤다.

"필요 없습니다!"

이런 군자군의 모습에 도웅은 흐뭇한 미소를 띠며 말을 이었다.

"좋다! 하지만 기쁜 것은 기쁜 것이고 탈영병과 역도는 쉬이 용서할 수 없다. 내 이미 자사부에 사람을 보내 방을 붙이고 역도 임청의 몸에 현상금을 걸었다. 그를 잡아들인 후 중벌에 처해 곤장 백 대를 때릴 것이다!"

"공자님, 역도의 목을 베야 합니다!"

도응의 연설에 분위기가 고조된 병사들이 소리 높여 외쳤다.

그러자 도응이 손을 들어 병사들을 진정시킨 후 말했다.

"그럴 필요는 없다. 곤장 백 대라고 말한 데는 다 이유가 있다. 이름도 없는 군자군을 구주(九州)에 명성이 자자한 백전 웅사(雄師)로 만들기는 쉽지 않다. 칼자루 한 번 잡아본 적 없는 너희 신병들을 정예병으로 만들기는 더더욱 어렵다. 따라서 나와 제군들 앞에는 무수한 난관과 장애가 있을 것이다. 하지만 나는 제군들과 같이 고생하고 힘든 일도 마다하지 않을 것을 약속한다. 함께 고통을 겪지 않는다면 다른 사람의 윗사람이 되기 어렵다. 나는 이미 각오가 되어 있다. 제군들은 어떠한가? 견뎌낼 수 있겠는가? 이 고통을 감수할 수 있겠는가? 만약 이런 고통을 감내할 자신이 없는 사람은 지금 앞으로 나서라. 곤장 백 대를 때리고 쫓아내겠다!"

도응은 목소리를 가다듬고 다시 한 번 외쳤다.

"자, 선택하라! 임청처럼 꼬리를 내리고 군영을 빠져나가 고향 사람들의 웃음거리가 되겠는가? 가족들의 조롱을 받으며 평생 고개를 들고 다니지 못하는 폐물이 되겠는가? 아니면 나와 함께 모진 고통을 감내하고 다른 사람의 윗사람이 되겠는가? 지금이 마지막 기회다. 지금 가지 않고 나중에 도망가는 자가 있다면 곤장 백 대에 그치지 않을 것이다. 도망자는 군법에 따라 엄벌에 처할 것이다!"

9백 군자군은 미동도 하지 않았다. 일찌감치 군자군을 나가고 싶었던 도기도 이대로는 떠날 수 없다며 마음을 고쳐먹었다.

폐물과 겁쟁이라는 오명을 쓰지 않기 위해 군자군 병사들은 모두 가슴을 쭉 펴고 결연한 태도로 우뚝 서 있었다.

잠시 후 아무도 앞으로 나서지 않자 도응은 만족한 듯 고개를 끄덕이며 말했다.

"좋다. 다들 겁쟁이가 되길 원치 않으니 훈련을 시작한다. 훈련의 시작은 어제와 마찬가지로 중무장한 채 십 리를 행군한다. 가장 먼저 들어오는 30명에게는 내일 훈련에서 행군을 감독할 권한을 주겠다. 시작하라!"

훈련이 시작되고 도응은 행군의 뒤를 따르며 조용히 중얼거렸다.

"제길, 훈련 첫날에 도망자가 발생하다니… 조금만 기다려라. 꼭 네놈을 잡아서 곤장을 때리고 다시는 도망칠 생각을 못하게 만들어 버릴 테니까."

도웅이 몰래 혼잣말을 하고 있을 때, 사실 임청은 연무장 주변의 백성들 틈에 끼어 있었다. 다만 이미 여장으로 갈아입고 하인과 시녀가 호위하는 마차에 앉아 있어서 아무도 그녀를 알아 볼 수 없었을 뿐이다. 물론 도웅의 말은 임청의 귀에도 똑똑히 들렸다.

"감히 네놈이 사람들 앞에서 이 귀한 몸을 욕보여? 내 꼭 두고 보리다. 네놈이 정말 내 엉덩이를 때릴 수 있는지……."

*　　　*　　　*

도웅이 동문 밖 연무장에서 고된 훈련을 하고 있을 때, 군자군의 일거일동을 감시하는 눈이 있었다. 하지만 대엿새가 지나자 이들 감시의 눈도 해이해지기 시작했다.

도웅의 훈련 방법에 특별한 것이 없었기 때문이다. 매일 반복되는 행군과 기마 자세, 나무 타기 외에 칼을 휘두르는 훈련이 추가되었는데, 위에서 아래로 베기나 아래에서 위로 베기가 다여서 단순하기 그지없었다.

도웅의 군사 조련에서 그나마 봐줄 만한 것은 딱 두 가지였다. 하나는 그가 군대 기율을 중시한다는 점이었다. 그래서 며칠밖에 지나지 않은 신병들이 구호 외치기나 행군, 칼 휘두르기를 막론하고 하나하나 절도가 있었다.

다른 하나는 사병의 팔 힘을 키우는 데 주력했다는 점이다. 당시로서는 생소한 턱걸이 훈련을 실시하여 병사들은 두 손으로 굵은 막대기를 잡고 몸을 끌어 올리며 팔 힘을 단련했다.

하지만 안타깝게도 이 두 가지를 제외한다면 그에게 기대를 걸었던 주위 사람들을 전혀 만족시키지 못했다. 비용은 엄청나게 들어가는데 자그마한 성과도 보이지 않자 사람들은 그에게 크게 실망한 빛을 감추지 않았다.

이와는 반대로 도응의 행동에 기쁨을 드러내는 사람들도 있었다.

유비는 도응의 훈련 방법과 과정에 대해 자세히 들은 후 얼굴에 희색을 띠며 자신이 너무 의심이 많았다고 생각했다.

닭 모가지 하나 비틀 힘이 없는 책벌레를 심복 대환이라 여기고 미축 형제를 동원하여 이런 자의 일거수일투족을 감시한 것이 부끄러웠다. 이는 자신을 우러르는 미축 형제에게 체면이 깎이고 괜히 도겸의 반감을 불러일으킬 수 있어서 득보다는 실이 많았다.

유비는 도응의 지상담병(紙上談兵)과 자신의 지나친 조심성을 몰래 조소한 후, 미축 형제의 호의를 받아들였다. 자기 기병대 안의 중등 전마를 골라 미축 형제가 큰돈을 들여 사온 서역 상등마와 바꾼 다음 친히 말을 건네러 온 미방에게 이 중등 전마를 건넸다.

그러고는 미방에게 이렇게 당부했다.

"미 별가에게 이 말을 꼭 전해주시오. 서주는 어쨌든 도 사군 소유라 괜히 일을 크게 벌였다가 도 사군의 귀에라도 들어가면 별가 형제의 입장에서도 해가 될 뿐 득이 되지 않을 것이라고 말이오."

미방은 굳이 말하지 않아도 유비의 의도를 알아차렸다. 괜히 감시를 강화했다가 일이 들통 나 도겸의 노여움을 사지 말라는 말이었다.

"유비 공의 지적에 감사합니다. 돌아가 형님에게 꼭 알리겠습니다."

그런데 이때 미방은 한 가지 일이 퍼뜩 떠올라 유비에게 말했다.

"형님이 유비 공께 여쭈라는 일이 하나 있습니다. 도응이 조굉에게 명해 목공 10명과 좋은 목재를 준비시키고, 조굉 휘하의 단양병 50명을 차출한 일이 있었습니다. 군자군 영지의 한 막사에서 목공들이 목기를 만들고 있다는데, 단양병이 철통같이 경비하고 있어서 현재로서는 알아낼 방법이 없습니다. 형님은 도응이 신무기를 제조하는 것이 아닌지 의심하고 있습니다."

유비가 아연 실소하며 말했다.

"목기라… 나무로 신무기를 만든다고? 아무리 좋은 목재 무기라도 어찌 철제 무기의 단단함과 예리함을 감당해 내겠소?"

"맞습니다요. 미방도 형님이 괜한 걱정을 한다는 생각입니다. 하지만 형님이 꼭 유비 공께 이 일을 아뢰고 방법을 여쭈라 해서……."

"시간 낭비할 필요 없소. 그 멍청이가 목재로 무얼 만들겠소? 당차(撞車)나 운제(雲梯)? 설마 그가 그걸 보기나 했겠소? 자방(子方)은 돌아가서 별가에게 도응 감시를 그만두라고 하시오."

자방은 미방의 자다.

"공의 말씀이 심히 옳습니다. 사실 이 미방도 타초경사하지 않을까 염려했습니다."

하지만 유비는 도응이 제 발로 조조를 찾아간 일이 계속 마음에 걸렸다. 아무리 바보라도 제 목숨 아끼는 것이 인지상정이거늘, 황천길이나 다름없는 곳을 찾아갔다는 것이 이해가 되지 않았다.

"도응 놈이 조조 군영에 서신을 전하러 간 일을 다들 무모하다고 생각하고 있고, 이 유비도 그런 줄로만 알았소. 그런데 가만히 생각해 보니 한 가지 가능성이 있는 일이 있소. 도응이 당시 여포가 연주를 공격한 일을 알았을 수도 있었다는 것이오. 조적 놈이 필시 서주에서 퇴각할 것을 알고 홀로 적진에 뛰어들었던 것이지."

미방은 그 말을 듣고 눈이 동그래졌다.

"설마 그럴 리가요? 절대 불가능합니다. 당시 도겸이 조조가 퇴각할 걸 알았다면 공의 대군을 서주로 끌어들이는 일은 없었을 겁니다."

유비는 고개를 가로저으며 냉소를 띠고 말했다.

"불가능하지 않소. 도 사군 일가가 은밀히 이 소식을 취했다 해도 이상할 것이 없소. 어쩌면 도응이 이 소식을 듣고 도겸에게 알리지 않은 채 서주 백성의 생사를 위한다는 명목으로 조조 군영에 들어가 서주의 포위를 푼 후 내 대공을 가로챈 것일지도 모르오!"

이 말에 미방의 눈은 더욱 커졌다.

"그럴 리가 없습니다. 방에만 틀어박혀 세상물정 모르는 책상물림에게 어찌 그런 심계(心計)가 있겠습니까?"

"가능성은 충분하지만 확신이 없을 따름이오. 만일 정녕 그렇다면 그놈은 속을 감춘 독사일 거요."

막상 말을 꺼내고 보자 유비는 마음속에서 이는 의심이 더욱 커졌다. 아무래도 좀 더 그를 지켜보는 것이 나을 듯했다. 이에 잠시 고민하더니 입을 열었다.

"옛말에 '눈을 크게 뜨고 배를 몰아야 암초를 피할 수 있다'고 했소. 자중의 걱정은 전혀 근거가 없는 것이 아니오. 도응이 대체 어떤 놈인지 알기 전까지는 경계의 마음을 늦춰서는 아니 되오."

미방은 슬쩍 말을 바꾼 유비의 신색을 살피며 쓴웃음을 지었다.

"공의 말뜻은 도응이 무슨 목기를 만드는지 확실히 알아내자는 것인가요?"

유비가 고개를 끄덕이며 냉랭하게 말했다.

"맞소. 어떤 목기를 만드는지 알면 그가 어떤 놈인지, 또 뱃속에 어떤 꿍꿍이를 담고 있는지 분명하게 드러날 것이오. 지피지기면 백전백승이니 충분히 모험을 걸어볼 가치가 있소."

미방은 유비의 말에 맞장구를 치며 예를 갖춰 말했다.

"공이 이렇게 말씀하시니 이 미방도 미약하나마 힘을 보태겠습니다. 짧으면 열흘, 길어도 보름이면 군자군 군영에서 무슨 목기를 만드는지 반드시 알아내 보고하겠습니다!"

* * *

군자군이 훈련을 시작한 지 어느덧 열흘째에 접어들었다. 이날 훈련 역시 전과 대동소이했다. 행군과 기마 자세, 둥근 나무 타기 등 지루하기 짝이 없는 훈련이 이어졌다.

훈련이 끝난 후 도응이 해산 명령을 내리자 허기에 지친 군사들은 제일 먼저 취사장으로 달려갔다.

도응 휘하의 유일한 조수인 도기도 풀이 죽어 터벅터벅 취사장으로 향하는데, 도응에게는 같이 가자는 말도 건네지 않았다. 도응은 이 모습을 보고 빙그레 웃으며 마음속으로 생각했다.

'이쯤해서 이놈 사기를 좀 올려줘야겠어. 괜히 이러다 도망갈라.'

도응은 빠른 걸음으로 도기를 쫓아가 어깨를 툭 치며 말했다.

"아우, 밥은 좀 이따가 먹고 어디 좀 가세. 새로 보여줄 것이 있네."

"뭔데요?"

군자군을 떠날까 고민 중이던 도기는 이 말에 자기도 모르게 반문했다. 도응은 말없이 그를 끌고 단양병이 삼엄하게 경비하는 연병장 후영(後營)의 막사로 갔다.

막사로 들어서자 마침 목공들은 식사 중이었다. 도응은 막사 한편에 산더미처럼 쌓인 기괴하게 생긴 미완성품을 들고 도기에게 보여주려는데, 뜻밖에 조굉이 저 끝에서 몇몇 단양병과 낮은 소리로 속닥거리고 있었다. 도응은 이상한 예감이 들어 조굉에게 가 물었다.

"조 장군, 여긴 어인 일입니까?"

도응 형제의 등장에 조굉은 당황한 표정이 역력했다.

"공자님들은 여기 어떻게 오신 겁니까?"

"아우를 데리고 잠깐 들렀습니다. 그런데 부친 호위는 어떻게 하시고요?"

조굉은 잠시 주저하며 주위를 둘러보더니 단양병이 경비를 서는 창고를 가리키며 조용히 말했다.

"이공자, 창고로 가서 말씀 나누시지요."

도응은 심상치 않은 일이 벌어졌음을 알고 고개를 끄덕이더니 도기를 끌고 창고로 갔다. 조굉도 단양 병사 하나를 데리고 도응의 뒤를 따랐다.

커다란 창고에는 새로 만든 목기가 잔뜩 쌓여 있었는데, 날이 어둡고 등도 켜지 않아 도기는 그것이 무엇인지 알아보지 못했다.

조굉은 사병에게 불을 켜지 말라고 명하고 같이 데려온 단양 병사를 도응 앞으로 끌고 와 나직이 말했다.

"말장이 먼저 조사해 본 후 말씀드리려 했는데 마침 공자를 뵀으니 자초지종을 아뢰겠습니다."

"무슨 일인지 어서 말씀해 보시오."

조굉은 단양 병사를 가리키며 말했다.

"누군가 공자의 새 마구에 관심을 가진 듯합니다. 이자의 이름은 장호(張虎)로 부지런하고 충직하여 막사 경비를 맡겼습니다. 그런데 이놈이 노름을 좋아해서 쉬는 날 노름판에 갔는데 누가 이놈에게 마구 하나를 훔쳐 오라고 했더랍니다."

"언제 벌어진 일이오? 구체적인 정황은 또 어찌된 것이고?"

그러자 그 단양병이 예를 갖추고 대답했다.

"공자께 아뢰니다. 어제 오후 소인이 쉬는 날이라 노름판에 갔는데 손덕이 좋지 않아 돈을 모두 잃었습니다. 그래서 답답해하고 있는 참에 누가 천 전(錢)을 빌려주는 것 아니겠습니까? 소인은 그것이 계략인 줄 모르고 다시 탁자에 앉았다가 계속 돈을 날리는 통에 그자에게 무려 3천 전이나 빚을 졌습니다. 그래도 그자는 허허 웃더니 술이나 마시러 가자더군요. 그런데 술자리에서 그자가 공자께서 비밀리에 만드는 새 목기만 가져오면 빚을 다 제해주고 만 전을 더 얹어주겠다고 했습니다."

"뭐? 만 전씩이나 주고 목기를 사겠다고?"

도기는 어이가 없다는 듯 소리를 지르더니 창고에 쌓인 목기 하나를 집어 들었다.

눈을 가늘게 뜨고 자세히 보니 반원형의 나무 고리 형태인 이 목기는 아래쪽에 손바닥 반만 한 크기의 편평한 나무판이 대어져 있었다.

튼실하게 만들어졌다는 것 외에는 전혀 특이해 보이지 않았다. 도기는 괴이한 생각이 들어 물었다.

"아니, 이 목기가 그렇게 값나가는 겁니까? 이건 대체 어디다 쓰는 거유?"

"조금 이따가 설명해 줄 테니 잠깐 조용히 하게."

도응은 손을 내젓고 고개를 돌려 장호에게 물었다.

"그자에게 뭐라고 대답했나? 내 마구 모양에 대해 얘기했나?"

"소인이 새 마구 두 가지를 다 보긴 했으나 입도 뻥긋 안 했습니다요. 공자님께서 심혈을 기울이는 마구라 절대 비밀이 새어 나가서는 안 된다는 조 장군의 엄명이 있었거든요."

장호는 잠시 우쭐하는 표정을 짓고 말을 이었다.

"그래서 소인이 일부러 그자를 속였습니다. 지금 어마어마하게 큰 목기를 만들고 있어서 훔치기 어려운 데다 아직 다 완성되지 않아 뭘 만드는지도 모르겠다고요. 그랬더니 그자가 다시 3천 전을 주면서 그 목기의 설계도를 훔쳐 오라고 하더라고요. 일만 성사되면 만 전을 더 주겠다고 하면서요."

장호의 말을 받아 조굉이 이어서 설명했다.

"장호가 군영으로 돌아오자마자 말장에게 이 사실을 보고했습니다. 이에 말장이 이 일을 조사하러 편복(便服)으로 갈아입고 막사로 왔다가 공자와 마주치게 된 것이고요."

"그자가 어디 사람인지 조사해 보셨습니까?"

"갑자기 벌어진 일이라 아직 조사에 들어가지는 못했습니다. 그런데 장호에게 자세히 물어보니 말투가 서주 토박이가 틀림없다더군요."

이 말에 장호가 끼어들어 대답했다.

"그자가 서주 사람이라고 장담할 수 있습니다. 아시다시피 우리 서주 말투와 조적 놈의 연주 말투는 확연히 다릅니다. 처음에는 소인도 조적의 세작이 아닐까 의심했는데, 발음을 자세히 들어보니 외지인이라면 절대 흉내 낼 수 없을 만큼 서주 말에 유창했습니다."

"완벽한 서주 말투라……."

도응은 눈썹이 떨리더니 머릿속으로 한 형제의 그림자가 스쳐 지나갔다. 잠시 생각에 잠긴 도응은 장호의 어깨를 툭툭 치며 말했다.

"잘했다. 네가 서주를 위해 대공을 세웠으니 큰상을 내릴 것이다. 다만 지금 네 관직을 올려주기에는 상황이 여의치 않으니 일단 상으로 만 전을 내리겠다. 조 장군이 그 세작을 잡아들이면 부친께 아뢰어 네 벼슬을 높여주겠다. 그리고 절대 입단속에 주의하라."

"감사합니다, 공자님."

장호는 크게 기뻐하며 연신 고개를 조아렸다. 도응이 다시 그에게 명했다.

"너는 먼저 나가 있어라. 내 조 장군과 긴히 할 말이 있다. 나가는 김에 병사에게 등잔 하나만 들여보내라고 일러라."

단양 병사가 등잔을 가져다놓고 나가자 셋은 은밀히 밀담을 나누기 시작했다.

등잔을 켜자 도기의 눈에 창고 안에 빽빽이 쌓인 그 반원형 나무 고리가 들어왔다. 도기가 입을 열어 물으려는 순간, 조굉이 그의 말을 가로챘다.

"전부터 묻고 싶은 것이 있었습니다. 군중에서 이 많은 기괴한 목기를 만드는 이유가 무엇입니까? 또 이 목기들은 어디다 쓰는 것인지요? 형태도 단순하여 반원형 나무 고리에 목판 하나 댄 것을 꼭 비밀로 할 필요가 있는 것입니까?"

"만들기 쉽기 때문에 보안이 매우 중요합니다. 일이 이렇게 됐으니 새 마구의 쓰임새를 알려드리지요."

조굉과 도기는 호기심 가득한 눈으로 도웅을 바라보며 귀를 쫑긋 세웠다.

"이 마구의 용도를 설명하기 전에 먼저 한 가지 묻겠습니다. 두 장군은 무예가 모두 출중한데 말 위에서 활을 쏠 수 있습니까?"

조굉과 도기는 당연한 걸 묻느냐는 표정을 지었다. 도기는 아예 의기양양해져 대답했다.

"형님, 제 자랑은 아닙니다만 백 보 이내의 과녁이라면 열에 일고여덟은 홍심을 뚫습니다."

"아우의 무예가 뛰어난 건 잘 알고 있네. 그럼 두 분은 달리는 말 위에서도 활을 쏠 수 있습니까?"

"당연하지요. 두 다리로 말을 꽉 죄면 손으로 활을 쏠 시간을 벌 수 있죠. 물론 상당히 힘이 들고 기술이 조금만 처져도 낙마할 위험이 있긴 하지만요."

"말장도 가능합니다. 잊으셨습니까? 당시 주공께서 말장을 장전도위에 임명하신 것도 말장이 달리는 말 위에서 연달아 세 번이나 홍심에 적중했기 때문 아닙니까?"

"맞습니다. 아우나 조 장군 모두 무예가 뛰어나 달리는 말 위에서 활을 쏘는 것쯤은 어렵지 않을 것입니다."

그런데 웃으면서 얘기하던 도응이 갑자기 웃음을 거두고 물었다.

"그럼 말을 채찍질해 달리면서 고개를 돌려 연달아 활을 쏘는 것은 가능합니까? 두세 발이 아니라 수십 발을요?"

이 말에 도기가 퉁명스럽게 대답했다.

"형님, 사람 잡을 일 있습니까? 틀림없이 낙마할 것입니다. 그게 가능하다면 그건 사람이 아니라 귀신입니다."

"농담도 심하십니다. 무예가 고강한 맹장이 달리는 말에서 고개를 돌려 활을 쐈다는 얘길 들어본 적은 있지만 그래 봐야 한두 발입니다. 천하 명궁 여포도 아마 어려울 것입니다."

도응은 손에 든 등자를 위로 들고 미소를 띠며 말했다.

"두 분 모두 가능합니다. 이 등자와 옆 막사에 쌓아놓은 앞뒤로 높이 솟은 안장만 설치한다면 달리는 말에서 활을 쏴도 절대 낙마할 일이 없습니다."

이 말에 조굉과 도기는 눈이 동그래졌다. 도기가 등자를 흥미로운 듯 바라보며 물었다.

"이 나무 고리가 그렇게 신기한 것입니까?"

"물론이다. 등자와 그 안장만 설치하면 아우나 조 장군은 말할 것도 없고, 군자군 병사들도 누구나 가능하다."

도기는 점점 더 흥미가 생겨 다급히 물었다.

"정말입니까? 형님, 이 마구를 어떻게 쓰는지 좀 가르쳐 주십시오."

"당연히 그래야지. 하지만 지금은 아니다. 군자군의 전마에 이 장비들을 모두 설치한 후 가르쳐 줄 것이다."

옆에 있던 조굉은 여전히 반신반의한 표정을 지으며 물었다.

"누군가 이 등자의 신기한 점을 알고서 우리 병사를 매수해 본떠 만들려는 것입니까?"

"당연히 아닙니다. 저 외에 등자의 비밀을 아는 자는 아무도 없습니다. 그건 그렇고, 서주의 정보를 관장하는 조 장군은 그 세작을 교사한 막후 세력이 누구라고 생각합니까?"

조굉은 세모꼴 눈을 몇 차례 깜빡거리더니 조용히 물었다.

"공자, 정말 답을 알고 싶습니까? 하지만 지금은……."

도응이 엷은 미소를 지었다.

"조 장군의 생각도 나와 같구려. 기왕 그렇다면 굳이 말할 필요는 없습니다. 성미가 불같은 셋째가 이를 알면 부친과 조 장군의 대사를 그르칠 수도 있으니 말입니다."

"이해해 주셔서 감사합니다."

도기는 이 말을 듣고 도대체 무슨 말인지 몰라 불만을 터뜨렸다.

"형님, 누구 성미가 불같다는 말입니까? 그리고 그 막후 세력이란 대체 누굽니까?"

"삼공자, 지금은 모르는 게 좋습니다. 주공께서 삼공자의 불같은 성미를 염려해 잠시 누설하지 말라 하셨습니다."

이어 조굉은 고개를 돌리고 도웅에게 말했다.

"서주에서 그들 형제의 세력이 막강하고 이목이 많아 속이기 쉽지 않을 듯합니다. 장호의 거짓말이 금방 발각될까 우려되니 따로 조치를 마련해 두시기 바랍니다."

"조 장군 말이 옳소이다. 그들이 등자와 안장의 위력을 알아낸다면 우리에게 커다란 위협이 되겠지요. 해서 최소한 군자군이 전술을 완벽히 익히기 전까지만이라도 비밀을 지키고 그들을 속일 방법을 찾아볼 생각입니다."

"유일한 방법은 경계를 강화하는 것입니다. 말장이 성에 돌아가 곧장 주공께 알리고 군사 3백을 추가로 보내겠습니다."

이 말에 도웅이 단호하게 고개를 저었다.

"안 됩니다. 그놈들이 새 마구에 의심을 품은 마당에 경계를 더 강화하면 경각심만 일깨워주는 꼴입니다. 게다가 사람이 많으면 기밀이 새나갈 위험성도 더 커지고요."

"그렇긴 하군요. 도둑이 물건을 훔치는 것보다 마음에 두고 있는 것이 더 두려운 법이죠."

도응은 조굉의 이 말을 듣고 홀연 눈빛이 빛나더니 무릎을 치고 말했다.

"내가 왜 그 방법을 몰랐을까? 우리가 만든 물건이 쓸모없다고 생각한다면 그놈들이 이 막사에 관심을 두지 않을 것이야. 그러면 새 마구의 비밀도 자연스럽게 지켜지는 것이고!"

"공자, 그게 무슨 말씀이신지……."

도응은 손을 들어 조굉의 말을 막고 잠시 생각에 잠기더니 희색을 띠며 말했다.

"장호란 자를 시켜서 그 세작 놈에게 이렇게 말하라고 하시오. 우리가 만드는 어마어마하게 큰 목기가 정말 위력이 대단하다고요. 그 다음은 제가 알아서 처리하겠습니다."

"무슨 묘책이라도 있는 것입니까? 말장이 도울 일은 없는 것이고요?"

"당연히 조 장군의 도움이 필요합니다. 기왕 뱉은 말, 진짜로 그런 무기를 만들어서 그놈들을 확실히 속일 생각입니다."

도응은 계획이 다 섰다는 듯 입꼬리가 살짝 올라가며 회심의 미소를 지었다.

*　　*　　*

미축, 미방 형제의 가업은 원래 고향인 서주 동해군(東海郡) 구현(朐縣)에 집중돼 있었다. 미축이 도겸에게 발탁돼 서주 별가로 부임하면서 서주성 내에 대저택을 사들였다.

후에 미방이 형을 따라 입관하고 가솔과 하인들이 속속 입성하여 저택의 규모는 크게 확장됐다. 이는 서주 최고의 지주인 진규 부자의 저택을 능가해 가히 서주 제일 부저(府邸)라 부르기에 부끄럽지 않았다.

대저택이라면 밀실이 여러 곳 있게 마련. 이때 미축과 미방은 그중 한 곳에서 밀담을 나누고 있었는데 그들 앞에는 눈뜨고 봐주기 어려울 정도로 조잡한 설계도 한 장이 놓여 있었다.

삐뚤삐뚤 그린 거대한 사륜 나무수레는 차체가 매우 낮고 지붕이 없으며 기둥 두 개가 나란히 서 있을 뿐이었다. 치수는 커녕 어떤 설명도 없었다. 미축 형제는 한참을 들여다봐도 이 괴상하게 생긴 수레가 무엇인지, 어디에 쓰는 것인지 도통 알지 못했다.

침묵이 길어지자 미축이 먼저 말을 꺼냈다.

"이거, 아우가 속은 것 아닌가? 만 전을 넘어 주고 사들인 것이 이런 조잡한 설계도라니……."

미방도 눈살을 찌푸리며 대답했다.

"저도 이 그림을 입수했을 때 그런 의심이 들었습니다. 아무래도 제 심복 놈이 일처리를 제대로 하지 못한 것 같습니다. 형님, 이왕 이리된 마당에 이 그림을 넘긴 단양 병사를 잡아들여 고문을 가하면 진실을 실토하지 않을까요?"

이 말에 미축이 화를 버럭 내며 꾸짖었다.

"어리석은 놈! 지금 제정신이냐? 조굉 휘하의 단양 병사들이 누구더냐? 바로 도겸과 동향 사람들이다! 네가 심복을 보내 그들을 매수한 것만도 큰 모험인데, 이제는 아예 도겸의 수족에게 직접 손을 쓰자고?"

미방은 미축의 호통에 쩔쩔매며 감히 고개를 들지 못했다. 한참만에야 미방은 형의 눈치를 보며 고개를 들고 물었다.

"그럼 이 일을 어찌 처리하는 게 좋겠습니까?"

"두 가지 길이 있다. 하나는 이 그림을 유비 공에게 보내는 것이다. 식견이 뛰어난 공이라면 괴이한 이 수레의 쓰임새를 알런지도 모르지. 다른 하나는 도응이 정말 이 수레를 만드는지 계속 염탐하는 것이지. 그럼 그 단양 병사가 우릴 속였는지 아닌지 알 수 있을 것이야."

미축은 여기까지 말하고 문득 한 가지 생각이 떠올라 미방에게 분부했다.

“절대 단양 병사는 건드리지 마라. 너무 위험한 일이다. 대신 도웅 군중에 있는 공장(工匠)들을 포섭해라. 그들의 가솔이 모두 서주성 안에 살고 있으니 가솔을 매수하면 정보를 얻기는 쉬울 것이다.”

이 말에 미방이 간사한 웃음을 띠었다.

“역시 형님이십니다. 걱정 마십시오. 이 아우가 그들을 매수해서…….”

이때 홀연히 문 두드리는 소리가 들려오면서 미방의 말이 끊겼다. 암호를 확인한 미방이 재빨리 달려가 밀실 문을 열었다. 문밖에는 미축의 심복이 예를 갖추고 서 있었다.

“가주께 아뢥니다. 도 이공자가 가주를 뵙길 청합니다.”

순간 깜짝 놀란 미축 형제는 멍하니 서로 얼굴만 바라보다가 약속이나 한 듯 이렇게 생각했다.

‘도웅 놈이 뭐 하러 우릴 찾아온 거지? 설마 우리가 군사기밀을 염탐한 일이 발각된 것인가?’

의심은 의심이고, 어쨌든 서주목의 차자인 도웅을 문전박대할 수는 없는 일이었다. 도웅이 군대를 이끌고 온 것이 아님을 확인한 미축 형제는 재빨리 밀실에서 나와 의관을 갖추고 도웅을 맞으러 나갔다.

편복을 입은 도웅은 시종 몇 명을 거느리고 문 앞에 서서 기다리고 있었다. 미축 형제는 급히 도웅에게 다가가 예를 갖추었다.

"저희 형제가 공자님이 납신 줄도 모르고 큰 실례를 범했습니다."

도응은 예의 바보 같은 웃음을 띠며 말했다.

"아닙니다. 도응이 갑자기 두 대인이 보고 싶어 전갈 없이 찾아온 것이 더 실례지요. 이곳에서 아주 오래 기다렸습니다그려, 하하. 그런데 미 대인의 부저가 심히 깊습니다!"

"공자께서 누추한 집을 찾아 오셨다기에 의관을 정제하느라 늦었습니다. 너그러이 용서 바랍니다."

그러더니 미축은 문을 지키는 가복들에게 호통 쳤다.

"너희들은 꿔다놓은 보릿자루더냐! 공자님이 왕림하셨는데 객청으로 모셔 차를 대접하지 않고 여기서 기다리시게 했단 말이냐!"

가복들은 연신 고개를 조아리며 용서를 빌었다. 불만이 쌓인 미방은 이참에 도응을 비꼬며 화를 하인에게 전가했다.

"대담한 종놈 같으니라고. 이공자가 어떤 분이시냐? 우리 주공의 아드님이자 서주의 은인 아니더냐! 문 지키는 종놈 주제에 감히 이공자를 홀대해? 여봐라! 이 종놈을 끌고 가 곤장 20대를 때려라!"

미축의 가복이 혼비백산해 털썩 무릎을 꿇고 용서를 구했다. 도응은 여전히 바보 같은 웃음을 띠며 말했다.

"미 대인, 됐습니다. 별것 아닌 일로 이리 역정을 내십니까? 이번에 미가를 찾아온 것은 두 대인에게 부탁이 있어서인데, 가복을 중죄로 다스리면 얘기를 꺼내기가 민망해집니다."

"아, 알겠습니다. 얼른 안으로 드시지요. 졸가가 누추하니 너그러이 양해해 주십시오."

도응은 고개를 끄덕이더니 거침없이 문 안으로 들어가 미축 형제를 앞질러 갔다. 가면서도 계속 좌우를 두리번거리며 크게 놀라는 표정을 짓고 미가의 호화로움을 부러워하며 탄성을 질렀다.

미축 형제는 여전히 경계심을 늦추지 않고 도응을 대청으로 청해 차를 내온 다음 주연을 준비하라고 일렀다.

차가 우러나자 미모의 시녀가 찻잔을 받쳐 들고 도응 앞에 가져다 놓았다. 도응은 미축 형제의 경계심을 풀고자 짐짓 그 시녀의 손을 잡았다.

시녀는 살짝 몸을 빼쳐 인사를 하고 물러났다. 도응의 행동을 유심히 관찰하던 미축 형제는 이 광경을 보고 낯빛이 갑자기 불쾌해지며 혀를 끌끌 찼다. 도응은 이에 아랑곳하지 않고 그 시녀의 자태를 음탕한 눈빛으로 바라보며 부러운 듯 탄식했다.

"미 별가 집은 시녀조차 아름답구려. 이 도응 집에 있는 박색들보다 몇 배나 나은지 모르겠소이다!"

유비가 이렇게 말했다면 미축 형제는 분명 그 시녀를 유비에게 바쳤을 것이다. 그러나 도응에게는 조금도 그럴 마음이 없었다.

이에 미축은 도응의 말뜻을 못 알아들은 척하며 단지 이렇게 말했다.

"공자께서 방금 부탁이 있어서 찾아오셨다고 했는데 무슨 일인지 말씀해 보십시오. 저희 형제가 힘닿는 데까지 돕겠습니다."

슬쩍 미축 형제를 떠본 도응은 이들이 그 시녀를 바치지 않는 것을 보고 자신을 적시할 뿐 중시하지 않는다는 사실을 확인할 수 있었다. 이에 속으로 흡족한 미소를 띠며 말했다.

"도움이 좀 필요해서 서주 5군을 다 둘러봤는데 역시 도움을 청할 사람은 미 별가 형제밖에 없더이다."

미축은 더욱 호기심이 생겼다.

"어서 말씀해 보십시오."

"그럼 사양 않고 말하리다. 3장 길이의 단목(檀木) 20개와 상급 단철 2천 근, 그리고 생사(生絲) 천 근을 빌려줄 수 있습니까?"

"죄송하지만 어디에 쓰시려 하는지 여쭤도 되겠습니까?"

"군중에 쓰려고 합니다. 별가도 알다시피 이 도응이 점군사마에 임명돼 단독으로 군대를 조직하다 보니 이 목재와 단철,

생사가 꼭 필요합니다."

미축과 미방은 서로 눈빛을 교환하며 이상한 생각이 들었다. 목재와 단철은 확실히 군중에 필요하지만 생사는 어디에 쓰려는 것일까? 비단기를 만들려는 것인가? 목재도 목재 나름이지 그 비싼 단목은 또 어디다 쓰려는고? 호기심이 든 미방이 참지 못하고 물었다.

"군중에 단철이 필요한 건 당연하지만 단목과 생사는 어디에 쓰려는 것입니까? 이것은 군중에 꼭 필요한 건 아니잖습니까?"

"천기를 누설할 수 없습니다. 이 도응을 도와주면 때가 돼 반드시 별가에게 기쁜 일이 생길 겁니다."

미축은 미동도 하지 않다가 맘속으로 재빨리 주판알을 굴린 후 슬쩍 도응을 떠보았다.

"감히 다시 한 번 묻겠습니다. 단목과 생사, 단철은 값은 비싸지만 그리 보기 드물지는 않습니다. 미축이 듣기로 주공께서 조굉 장군에게 분부해 군대 창설에 필요한 물자를 제공했다 하던데, 왜 조굉 장군에게 요청하지 않으시고 절 찾아오신 것인지요?"

도응은 잠시 주저하며 얼버무리다가 하소연하듯 말했다.

"그게… 기왕 이리된 것, 솔직히 말씀드리죠. 사실 조굉 장군에게 먼저 얘기를 했습니다. 그런데 부친께서 제가 만드는 무기가 쓸모없다고 여기신 데다 필요한 물자가 너무 비싸다 보니 조굉 장군에게 물자를 내주지 말라고 명하셨습니다. 그래서 하는 수 없이 미 별가를 찾아온 것입니다."

도웅은 여기까지 말한 후 급히 한마디를 덧붙였다.

"원래는 진원룡(陳元龍) 부자에게 갈까 했으나 원룡이 장사에 종사하지 않아 응낙하더라도 단시간 안에 필요한 물자를 구하기 어렵다는 생각이 들어 염치 불고하고 이리로 온 것입니다. 별가는 대대로 장사에 종사해 집 안에 물자가 가득하고 없는 물건이 없어 이 물자쯤은 어렵지 않게 구할 수 있지 않습니까? 그러니 이 도웅을 조금만 도와주십시오."

원룡은 진규의 아들 진등의 자다.

미축은 눈빛이 반짝 빛나며 미방에게 눈짓을 보냈다. 미방은 형의 뜻을 알아차리고 웃음을 지으며 도웅에게 말했다.

"공자, 3장 길이의 단목 20개와 상급 단철 2천 근, 생사 천 근은 절대 적은 양이 아닙니다. 공자의 부탁이니 당연히 준비해 드려야겠지만 이 물자의 값은 어떻게 치르실 생각이십니까?"

도웅은 이것이 가장 중요한 문제인지 몰랐다는 듯 멍하니 있다가 살짝 웃음을 띠고 말했다.

"미 별가, 잠시 빚으로 남겨놨다가 후일에 돌려드리면 어떻겠소?"

도응이 찾아온 의도를 명확히 알게 된 미방은 속으로 흥 하고 코웃음을 치더니 완곡하게 거절했다.

"미가에 조금이나마 있던 물자도 조적의 침입으로 이미 써버린 지 오래인 데다 공자가 필요로 하는 물자는 값이 비싸 조달하기 어렵습니다. 너그러이 용서해 주십시오."

웃음을 띠던 도응의 얼굴이 갑자기 굳어지며 하소연이 새나왔다.

"미 별가, 정말 이러시깁니까? 들은 바로는 별가 형제가 유비 공에게 가복 2천 명과 대량의 군수물자를 바쳤다던데, 도응이 요구하는 것은 이에 비하면 구우일모(九牛一毛)가 아닙니까?"

미축은 그래도 어쩔 수 없다는 표정으로 대답했다.

"그것이 미축이 할 수 있는 전부였습니다. 그리고 그것은 서주를 구한 유비 공에게 서주 군민을 대표해 드린 것 아니겠습니까? 후에 공자께도 전마 2백 필을 드렸습니다. 얼마 없는 재물을 이리저리 다 써버려서 공자께 도움을 드리기 어렵습니다."

'유비는 대체 무슨 재주로 이놈들 마음을 산 거지?'

도응은 속으로 이를 갈았지만 얼굴에는 전혀 노한 기색을 띠지 않은 채 진짜처럼 간절한 표정을 지으며 간청하듯 말했다.

"별가, 정말 방법이 없는 것입니까?"

"힘이 미치지 못해 돕고 싶어도 도울 수 없습니다."

미축은 단호히 고개를 내저었다. 그리고 이제는 귀찮다는 표정까지 지었다.

도응은 잠시 굳은 표정을 짓다가 얼굴 근육을 씰룩이며 낮은 소리로 말했다.

"별가, 잠시 좌우를 물리쳐 주겠습니까? 도응이 보여줄 물건이 하나 있습니다."

'흥, 드디어 네놈이 밑천을 드러내는구나.'

이 말에 미축은 눈빛을 반짝이며 바로 손을 저어 좌우의 하인들을 물리쳤다.

대청에 도응과 미축 형제 단 세 명만 남자, 도응은 소매에서 커다란 설계도를 꺼낸 후 주위를 둘러보며 조심히 말했다.

"두 분은 춘추전국시대에 묵자(墨子)가 만들었다는 벽력거(霹靂車)를 들어봤을 것이오. 이 공성 이기(利器)는 오래전에 실전됐는데, 이 도응이 고서를 뒤적이다가 운 좋게 벽력거 제조법을 찾아냈습니다."

"벽력거요?"

미축 형제는 가만히 눈빛을 교환하더니 도응의 가까이로 몸을 기울였다. 도응이 그림을 펼쳤을 때, 이들은 중금(重金)을 들여 매수한 단양 병사의 그 설계도가 가짜가 아님을 깨달았다.

그 괴이한 수레의 모양은 도응의 설계도에 더욱 상세하게 그려져 있었고, 치수까지 자세히 달려 있었다.

또 이 그림의 수레에는 거대한 기둥이 하나 더 달려 있었는데, 기둥 위쪽에 바가지가 있고 아래쪽은 가로목과 밧줄로 묶여 있었다.

도응이 그림을 가리키며 설명했다.

"잘 보시오. 이 벽력거의 사용법은 먼저 둥근 돌을 바가지에 넣은 다음 군졸 수십 명에게 기둥 아래쪽의 밧줄을 당기게 하면 수십 근 무게의 석탄(石彈)을 백 보 이상 떨어진 거리에서 쏠 수 있어 적의 성벽을 허무는 데 최상의 무기입니다."

미축 형제는 그제야 도응이 비밀리에 만들고 있던 무기의 정체를 알고 실소를 금할 수 없었다.

군사에 문외한인 그들이 보기에도 도응의 이 벽력거는 공성용으로만 쓸 수 있을 뿐 야전에서는 전혀 위력을 발휘하기 어려웠다.

서주가 지금 무슨 힘이 있어서 다른 성을 공격한단 말인가. 나중에는 몰라도 당장은 쓸 일이 거의 없는 무기였다.

게다가 도응 같은 멍청이가 만든 벽력거로 과연 돌을 날릴 수 있을지도 의문이었다.

벽력거의 실용성에 의문이 들긴 했지만 그 상징성은 칭찬해 줄 만했다. 이에 미축은 머리를 끄덕이며 도응의 걸작을 감상하면서 마음에도 없는 아부를 떨었다.

"수백 년간 실전됐던 벽력거를 찾아내다니, 공자는 과연 대단하십니다. 벽력거가 공자의 손에서 다시 태어나게 돼 경탄을 금할 길이 없습니다."

미방도 미축을 따라 칭찬 한마디를 던진 후 슬쩍 도응을 떠보았다.

"외람되지만 이 벽력거 설계도를 베껴 그린 다음 저희 공장들에게 만들게 하면 공자의 수고를 덜 듯한데, 공자의 의중은 어떠합니까?"

도응은 급히 설계도를 접고 고개를 저으며 말했다.

"그건 아니 되오. 이 수레는 이 도응의 심혈이 담겨 있는 것이자 전쟁에서 쓸 비장의 무기여서 절대 보안에 유의해야 하오. 만약 비밀이 적에게 새나간다면 무용지물이 되고 말 것이오."

미방이 슬쩍 미축에게 눈짓을 하자 미축도 그의 뜻을 알아차렸다. 빨리 설계도를 베껴 유비에게 건넬 심산이었던 것이다.

하지만 미축은 직접적으로 요구하지 않고 넌지시 말을 돌렸다.

"공자의 말씀을 들어보니 소관(小官)에게 빌리려던 단목과 단철, 생사는 필시 벽력거를 만들 때 쓰려는 것이군요. 그래도 이해가 되지 않습니다. 이 벽력거에 값비싸고 희소한 재료를 꼭 써야만 하는 것입니까?"

도응은 다시 벽력거의 설계도를 펼치고 그중 몇 부분을 가리키며 설명했다.

"잘 보시오. 여기서 벽력거의 큰 기둥이 가장 중요합니다. 필요한 목재는 견고하고 질긴 데다 탄성까지 갖춰야 합니다. 그래서 이 도응이 목재 중에서도 가장 좋은 단목으로 기둥을 만들어 석탄을 얼마나 더 멀리 날릴 수 있는지 시험해 보려는 것입니다."

미축은 고개를 끄덕이며 한편으로는 설계도 모형과 치수를 열심히 머릿속에 집어넣었다.

"그럼 단철과 생사는 어디에 필요한 것입니까?"

"벽력거에 설치된 부속은 쉬이 닳습니다. 목재를 쓰면 자주 갈아줘야 해서 번거롭고, 또한 시간과 목재의 낭비가 심합니다. 그래서 단철로 이를 대체하면 쉬이 닳지 않고 비용도 아낄 수 있지요."

도응은 입에서 나오는 대로 아무렇게나 지껄이면서 설계도를 가리키며 이 부분, 이 부분이라고 진지하게 설명했다.

미축은 연신 고개를 끄덕이며 도응의 말이 일리가 있다고 여겼다.

"생사는 벽력거에 쓸 것이 아니라 사졸들에게 입힐 것입니다. 아시다시피 도응이 손수 창설한 군대의 이름이 군자 아니겠습니까? 군자군은 인의의 군대인데 도응 휘하의 사졸이 갑주만 걸치면 살기가 너무 등등해 군자의 이름을 잃게 됩니다. 그래서 각 사졸들에게 비단 두루마리를 입혀 표일(飄逸)함을 더해줘야 하는 고로 생사 천 근이 필요합니다."

'표일함을 더해줘야 한다고?'

미방은 하마터면 웃음이 터져 나올 뻔했다.

'미친놈, 사병에게 귀하고 얇은 비단을 입힌다고? 딱 백면서생의 머리에서 나올 생각이군.'

"아, 원래 그런 것이었군요. 공자는 과연 고명한 인재십니다. 누구도 생각 못 한 걸 생각해 내고, 누구도 하지 못한 걸 하다니요."

미축도 참지 못하고 말 속에 조롱하는 뜻을 담은 언사를 던졌다. 그러면서 벽력거의 치수와 부속을 필사적으로 머릿속에 담았다.

"미 별가, 이 도응의 비밀 무기를 알았으니 지금 필요한 물자를 빌려줄 수 있겠습니까?"

도응은 다시 설계도를 접으며 간청하듯 말했다.

"그대는 문무쌍전하여 이 벽력거가 공성에 효과적일 뿐 아니라 수성에도 유리하다는 것을 눈치챘을 것입니다. 위력이 무궁한 벽력거가 완성되면 서주의 군사력은 누구에게도 뒤지지 않을 겁니다. 이 도응에게 한 팔의 힘이라도 보태주지 않으시렵니까? 대공이 완성되면 별가에게 후히 보답하리다."

미축은 여전히 미동도 않은 채 머릿속으로 재빨리 주판알을 굴렸다.

도응이 요청한 물자라야 미축에게는 조족지혈에 불과했다. 유비에게 지원한 것의 십분지 일도 안 되니 투자하는 것도 나쁘지 않았다.

그러나 문제는 백면서생 도응이 제조한 벽력거가 과연 위력을 발휘할 수 있을지 믿음이 가지 않았다. 만일 이것이 도응의 지상담병(紙上談兵)에 불과하다면 투자가 모두 물거품으로 돌아가고 만다. 장사꾼인 미축은 절대 손해 볼 장사를 할 사람이 아니었다.

"아니면 단철 천 근과 생사 천 근만이라도 빌려줄 수 있소이까? 단목은 잠시 다른 목재로 대신하겠습니다."

미축이 아무 대꾸도 없자 도응이 나서서 타협안을 제시했다.

도응이 비밀리에 개발 중인 무기로 본다면, 단목은 있으면 좋고 없어도 그만인 물자였지만 단철과 생사는 꼭 필요했다. 이 두 물자만 손에 넣어도 군비를 크게 절약할 수 있었다.

조굉이 강남(江南)과 사천(四川)에서 생사를 사오길 목이 빠져라 기다릴 필요도 없고, 편자와 편자 못의 내구성도 강화시킬 수 있었다.

미축이 쉽사리 결정을 내리지 못하며 침묵이 길어지고 있을 즈음, 문밖에서 그림자 하나가 번쩍하더니 녹색 옷을 입은 묘령의 여인이 사뿐사뿐 걸으며 대청 안으로 들어왔다.

자기도 모르게 시선이 그쪽으로 돌아간 도웅은 그만 몸이 굳고 말았다. 거기에는 피부가 새하얗고 눈썹은 그린 듯하며 자태가 아리땁고 청초한 데다 요염함까지 풍기는 여인이 서 있었다.

이 시대로 넘어온 지 한 달여 만에 처음으로 보는 절세가인이었다.

"오라버니, 미정(糜貞)이 인사 올립니다."

여인의 붉은 입술이 살짝 열리면서 은구슬 같은 목소리가 흘러나왔다.

'오라버니? 그럼 미축과 미방의 여동생? 이런 시답잖은 놈들에게 어찌 저리도 아름다운 여동생이 있단 말인가?'

도웅은 맘속으로 중얼거리다가 갑자기 머릿속이 띵하고 울렸다.

'제기랄, 완전히 깜빡하고 있었군. 저놈들 여동생이 나중에 귀 큰 도적놈에게 시집갔다가 장판파(長坂坡)에서 죽잖아. 그럼 설마 저 여인이 바로 그 미부인(糜夫人)? 유비 놈은 복도 많

구나!'

미축은 여동생을 보더니 다짜고짜 꾸짖었다.

"네가 여긴 어쩐 일이냐? 주공의 이공자가 여기에 계시는데 얼굴도 가리지 않고, 이 무슨 무례한 행동이냐?"

"이공자께서 왕림하셨단 얘길 듣고 일부러 뵈러 온 걸요."

미정은 입을 살짝 오므리고 사뿐사뿐 도응 앞으로 걸어와 매혹적인 자태로 절을 올렸다.

"소녀 미정, 이공자께 인사 올립니다. 서주 백성을 위해 사생취의(捨生取義)하신 공자님의 대명은 익히 들었습니다. 경앙해 마지않는 공자님을 뵙게 돼 큰 영광입니다."

"아가씨……."

도응의 입에서는 현대에 습관적으로 쓰는 호칭이 튀어나왔다. 하지만 급히 이를 깨닫고 다시 입을 열었다.

"미 소저, 어서 일어나시오. 소저의 칭찬에 몸 둘 바를 모르겠습니다."

미정이 몸을 일으키며 말했다.

"아니옵니다. 공자께서 조조군을 물리치실 때 소녀가 비록 동해에 있어 직접 공자님의 장거(壯擧)를 보진 못했지만 전후 사정을 듣고 서주 만민을 위해 목숨을 던진 대의에 경탄해 마지않았습니다. 이에 직접 공자님의 존안(尊顔)을 뵙길……."

여기까지 얘기한 미정은 입을 오므리며 매혹적인 웃음을 짓고 다시 말을 이었다.

"그런데 실례를 무릅쓰고 공자님을 뵈어서 다행이지, 그렇지 않았다면 소녀는 속을 뻔했습니다."

"소저, 그게 무슨 말이오?"

미정이 키득키득하며 말했다.

"제 얘길 듣고 화내지 마시어요. 누가 소녀에게 공자님의 용모가 추악하기 그지없고, 그야말로… 구제불능인 백면서생이라고 했습니다. 풋, 그 말이 거짓이어서 다행입니다."

"누가 그런 말을 했소? 나와 원수진 일이 있답니까?"

도응은 머리가 혼란스러웠다. 내 얼굴이 꽃미남은 아니어도 그럭저럭 봐줄 만은 한데 너무하는군.

도응의 반응에 미정은 괜스레 기분이 좋아지며 입가의 미소가 더욱 길어졌다.

"아마도 그녀가 공자님과 원수지간일 겁니다. 그녀 부친이 공자께 혼담을 꺼냈다가 거절을 당했다더군요. 누군지 아시겠습니까?"

"그럼 조표 장군의 천금, 조령?"

도응은 입에서 불쑥 이 말이 튀어나오며, 기괴하기 그지없는 그 모습이 다시 떠올라 자기도 모르게 한기를 느꼈다.

미축과 미방은 조표가 도응에게 혼담을 꺼냈단 말을 듣고 의아하게 생각했다. 미정이 입을 막고 간드러지게 웃었다.

"맞습니다. 령아 같은 경국경성(傾國傾城)의 절색은 소녀가 반도 따라가지 못할 정도이온데, 어째서 청혼을 거절하신 건가요? 미정이 알기로 서주성 안에서 령아에게 청혼하려는 자재들이 한둘이 아닙니다."

'대갓집 자제들 눈이 삐어도 한참 삔 거 아냐? 조령이 아가씨 얼굴 반만 됐어도 내가 냉큼 응낙했다고!'

도응은 맘속으로 이렇게 중얼거린 후 얼굴에 쓴웃음을 지었다.

"소저는 너무 겸손하구려. 조 낭자의 용모가 소저의 반에도 미치지 못하는 게 맞지 않소? 경국경성과 천상의 선녀는 미 소저에게 딱 어울리는 말이오."

그야말로 현대인이나 가능한 작업 멘트였다.

미정은 여린 얼굴이 붉어지며 부끄럽기도 하고 기쁘기도 한 맘이 들었다. 이 말에 미축과 미방이 얼굴에 노기를 드러내며 이구동성으로 꾸짖었다.

"출가도 안 한 여자가 체통도 없이 도 공자와 웬 농을 벌인단 말이냐? 얼른 방으로 돌아가라."

미정은 삐죽이 입을 삐쭉 내밀더니 교태스런 웃음을 지으며 말했다.

"도 공자, 소녀 이만 물러가겠습니다. 가기 전에 한 말씀만 올리겠습니다. 령아가 비록 공자에 대해 안 좋은 말을 했지만 소녀가 보기에 령아는 아직 공자님을 마음에 두고 있습니다. 공자님께서 마음을 돌리시면 령아도 절대 거절하지 않을 것입니다."

미축 형제가 표독한 눈으로 노려보는 통에 미정은 아쉬운 마음을 접고 급히 대청을 빠져나갔다.

도응은 방 안을 진동하는 그녀의 향기와 간드러지는 웃음소리에 취해 꼭 며칠 굶은 늑대의 눈빛으로 미정의 뒤태를 뚫어져라 바라보았다. 그러더니 맘속으로 탄식했다.

'아, 난 정말 운도 없구나. 왜 하필 저런 미녀의 오라비들과 사이가 좋지 않단 말이냐!'

도응이 노골적으로 미정을 바라보는 것을 본 미축이 큰소리로 헛기침을 하며 기존의 얘기를 마저 이어갔다.

"공자, 이제 본론으로 들어가시죠. 부탁하신 물자는 소관의 재력이 빈약하여 들어드릴 수 없는 점 너그러이 용서하십시오."

그러더니 미축은 도응에게 말할 기회도 주지 않고 단도직입적으로 말했다.

"이렇게 하시죠. 공자의 부탁을 미축도 모른 척할 수 없으니 작은 성의로 단철 2백 근과 생사 백 근을 드리겠습니다. 이 물자는 나중에 갚지 않으셔도 됩니다."

도응은 속으로 코웃음을 쳤지만 겉으로는 아무 표정도 드러내지 않고 자리에서 일어나 공수하고 말했다.

"그만큼이라도 감사할 따름이오. 그럼 이만 가보리다."

미축도 도응에게 작별 인사를 건네고 미방에게 분부했다.

"아우는 내일 오후에 단철과 생사를 공자 군영에 준비해 드려라."

미방은 알았다고 대답한 후 도응을 문 밖까지 전송했다. 미축은 도응이 대청을 나가자마자 기억하고 있던 벽력거 치수와 모양을 재빨리 그리기 시작했다.

도응은 뱃속 가득 불쾌한 기분을 가지고 서주 동문 밖 군자군 영지로 돌아왔다.

영문으로 들어가자 도응을 대신해 병사를 훈련시키던 도기가 이미 마중 나와 있었다.

도기가 단도직입적으로 물었다.

"형님, 가신 일은 잘됐습니까? 미축 형제가 필요한 물자를 빌려준답니까?"

"휴, 고작 단철 2백 근과 생사 백 근만 내주고 갚을 필요는 없다고 하더구나."

도기는 발끈 노하며 욕을 내질렀다.

"개자식들! 대체 그놈들은 누구의 신하랍니까? 유비에게는 사병과 전량을 그리 많이 내주더니 우리에겐 고작 이거랍니까?"

"됐다. 어차피 나도 바라고 간 건 아니다. 물자를 빌린다는 건 사실 핑계였다. 진짜 목적은 그놈들의 눈을 우리의 비밀무기에서 돌리는 것이었으니까. 지금 그 목적을 달성한 데다 약간의 물자도 얻었으니 일거양득 아닌가."

그러더니 도응은 소매에서 벽력거 설계도를 꺼내 옆에 있는 화톳불에 던져 버렸다. 도기가 다급한 목소리로 말했다.

"이 설계도는 진짜 아니었습니까? 그런 설계도를 어찌 불 속에 던져 넣으십니까? 벽력거 몇 대만 있으면 장차 공성 때 필요하잖습니까?"

"이 설계도가 진짜인 건 맞지만 크게 쓸모는 없다. 공성 발석거는 당연히 만들어야지만 병사 수십 명이 조작하고 겨우 백 보 거리밖에 나가지 않는 벽력거를 어디다 쓰겠느냐? 내가 만들려는 건 십여 명이서 능히 조작할 수 있고, 발사 거리도 4백 보나 되는 회회포(回回砲)니라."

"4백 보나 나가는 회회포라고요?"

도기의 눈이 반짝 빛났다. 사실 오늘 도기는 등자와 안마의 위력을 본 터라 도응이 말한 신무기를 믿어 의심치 않았다.

"형님, 언제 그 회회포를 만들 생각입니까? 빨리 보고 싶은 마음뿐입니다."

"내일 바로 시작하자! 벽력거와 비슷한 회회포를 서둘러 만들지 않으면 교활한 그놈들이 계략에 쉽게 떨어지지 않을 테니까."

도기가 환호작약할 때 우뚝 솟은 서주성을 바라보던 도응의 머릿속으로 미정의 아름다운 자태가 스쳐 지나갔다.

그런데 마음속에서 왜 이토록 분노가 끓고 질투심이 일어나는지 몰라 답답해 미칠 지경이었다.

第八章

군자군의 군영을 옮기다

이튿날 오후, 미방은 거지 적선하듯 가노 몇을 보내 약속한 단철 2백 근과 생사 백 근을 보내왔다.

연무장에서 병사를 훈련시키던 도응은 이 소식을 듣고 회심의 미소를 지었다.

그는 울타리 안에서 만들고 있던 회회포를 일부러 눈에 띄게 할 목적으로 그들을 안으로 불러들였다. 어제 제작에 들어간 회회포는 아직 초기 형태의 모습을 띠고 있었지만 꿍꿍이를 가진 미방의 가노들은 이를 보고 돌아와 즉각 미방에게 보고했다.

"뼈대는 거의 완성된 것으로 보였사옵니다. 그 모양이……."

회회포의 기본 외형이 대형 벽력거와 자못 비슷하여 미축 형제는 군자군이 비밀리에 제조하는 신무기가 벽력거라고 확신했다.

이에 심복을 시켜 암기해 그린 벽력거 설계도와 이 소식을 소패에 있는 유비에게 전달하고 그의 지시를 기다렸다.

사흘 후 유비에게서 답신이 도착했다. 유비는 편지에서 미축 형제에게 도응 감시를 좀 더 강화하는 한편, 도가의 의심을 사지 않기 위해 가능한 한 벽력거 제조에 필요한 물자를 제공하라고 전했다.

유비의 말에 따라 미축 형제는 전마 2백 필을 보내는 김에 도응에게 다시 단철 3백 근과 생사 2백 근을 추가로 보냈다.

그런데 이때 뜻밖에 서주 최대 지주인 진등이 군자군 영지로 전마 백 필과 단철 5백 근, 생사 3백 근, 3장 길이의 단목 10개를 싣고 왔다.

도응은 이상한 생각이 들어 물었다.

"원룡 형의 도움에 감사하기 그지없소이다만 제가 요청하지도 않았는데 어떻게 이런 물자가 필요하단 사실을 알았습니까?"

진등은 그의 질문에 바로 대답하지 않고 빙그레 웃음을 지으며 말했다.

"공자, 정말 이러시깁니까? 서주군에 필요한 이기를 만든다면서 왜 이 진등에게는 아무 언질도 주지 않았습니까? 진등을 그리 인색한 사람으로 아셨습니까?"

도응이 급히 고개를 가로저으며 변명했다.

"아니오, 아니오. 저는 그저 원룡 형의 가업이 전답과 장원 위주라 조적의 난으로 손해가 막급하여 차마 부담을 지울 수 없어서 그랬던 것뿐입니다."

그러더니 뭔가 생각난 듯 진등에게 다가가 그의 손을 잡고 나지막이 물었다.

"비밀리에 진행한 일인데 제가 벽력거를 만든다는 걸 어찌 아셨습니까? 또 단철과 생사, 단목이 필요하다는 것도요? 사안이 중대하니 꼭 일러주십시오."

진등이 도응의 손을 두드리며 별일 아니라는 듯 대꾸했다.

"하하, 외부 사람들 모두 알고 있는 사실이 기밀이라고요? 비밀이 새나간 건 군사훈련 장소가 틀렸기 때문입니다. 서주성은 인구가 많아 아무래도 기밀을 유지하기가 쉽지 않지요."

도응이 어찌 이 사실을 몰랐겠는가? 다만 군자군 창립 초창기에 대본영과 멀리 떨어져 있으면 일처리가 너무 번거로워 어쩔 수 없이 잠시 서주 연무장을 택한 것뿐이었다.

하지만 도응은 교분이 두텁지도 않은 진등에게 직접적으로 방법을 가르쳐 달라 하기가 멋쩍어 먼저 자신의 속내를 숨김없이 털어놓았다.

“사실 도응도 일찌감치 영지를 옮길 생각을 했습니다. 다만 일이 아직 완비되지 않아 잠시 행동에 옮기지 못했습니다. 군자군의 전마가 갖춰지는 대로 부친께 아뢰어 하비(下邳)로 군대를 옮길 생각입니다. 그때가 되면 번거롭더라도 많은 가르침 부탁드립니다.”

“하비로 옮기신다고요?”

진등은 미간을 찌푸리더니 뭔가 할 말이 있다는 듯 머뭇거렸다.

도응은 진등의 얼굴이 좋지 않은 것을 보고 다급히 물었다.

“뭐가 잘못됐나요? 제 계획에 온당하지 못한 점이 있다면 바로 지적해 주시기 바랍니다.”

진등은 잠시 주저하다가 말을 에둘러서 도응을 일깨웠다.

“공자, 이번에 조적이 서주를 유린하는 통에 서주 5군 모두 화를 면치 못했습니다. 오직 하비만 손실이 거의 없어 절대 그곳에는 군대를 주둔할 수 없습니다.”

도응은 진등이 대체 무슨 말을 하는지 몰라 어리둥절했다. 그 순간 도응의 머릿속에 한 가지 생각이 스쳐 지나갔다.

‘오, 바로 그 뜻이었구나! 오직 하비만 손실이 없어 서주의 부세와 전량 태반이 하비에 의존하고 있는데, 이런 중대한 경제 요지를 아무 공도 세우지 못한 내가 다스린다고 하면 아버

지가 이를 허락할 리가 없잖아? 가장 먼저 반대하고 나설 사람은 바로 아버지였어!'

여기까지 생각이 미친 도응은 진등의 식견에 크게 경탄한 후 급히 물었다.

"원룡 형의 지적을 이제야 깨달았습니다. 부친께서 도응의 하비 주둔을 허락할 리가 없겠군요. 그렇다면 원룡 형이 보기에 어디로 군대를 옮기는 것이 좋겠습니까?"

진등도 말 한마디에 이를 꿰뚫어본 도응을 속으로 칭찬한 후 웃으며 말했다.

"팽성 정남 쪽 80리 떨어진 곳에 오현(梧縣)이란 성이 있습니다. 조적의 난리 때 도륙을 당할까 두려워 주민 열의 아홉은 타향으로 도망갔습니다. 조적이 퇴각한 후에도 소수의 백성만이 돌아와 농사를 짓고 있어 전 성의 주민이라야 고작 백여 호 남짓입니다. 땅은 넓고 사람은 드문 데다 성지와 가옥이 멀쩡해 군대를 주둔하기 안성맞춤입니다……."

진등이 여기까지 말하자 무슨 말인지 깨달은 도응은 연신 고맙다고 인사한 후 슬쩍 그를 떠보았다.

"재주가 이리 뛰어난 원룡 형이 미자중보다 관직이 낮은 건 정말 불공평합니다. 제가 비록 미천하지만 부친께 원룡 형을 추천할 생각인데 형의 의향은 어떠신지요?"

"공자, 농담이 너무 심하십니다. 덕과 재주가 미약한 저로서는 전농교위(典農校尉)도 황송할 따름입니다. 힘과 재주가 미치지 못하는데 어찌 높은 자리를 넘보겠습니까?"

진등은 도응이 자신을 자기편으로 끌어들이려는 의도를 알았지만 아직 애송이에 불과한 도응에게 함부로 도박을 걸 수는 없는 일이었다. 이에 완곡하게 거절한 후 작별 인사를 건넸다.

도응도 더는 만류하지 않고 친히 진등을 군자군 영문까지 배웅하고 헤어졌다.

도응 역시 진등 같은 인재를 놓치기 아쉬웠지만 그는 결국 세력이 강대한 자에게 붙을 사람임을 알았기 때문에 현재의 초라한 자신으로서는 그를 끌어들이기 어렵다는 사실을 알았다.

진등에게 거절을 당하자 도응은 자연스럽게 인재 문제를 떠올렸다.

"결국 인재로구나. 몇 사람도 찾기 어려우니? 왜 나에게는 그럴듯한 인재가 한 명도 찾아오지 않는 것인가?"

이 때문에 도응은 가슴속이 답답하기만 했다. 군자군 창설 전에 이미 서주 5군에 현자 초빙 방문을 붙이고 조조처럼 문신과 무장이 잇따라 찾아오길 기대했다.

동시에 조굉에게 부탁해 심복을 낭야군에 보내 소년 제갈량(諸葛亮)의 행방을 찾아 자기 밑에서 키울 생각을 가졌다.

하나 꿈은 아름답지만 현실은 잔혹했다.

제갈량의 어린 시절을 모르는 도응은 사람을 보내 조사하고서야 비로소 깨달았다.

제갈량은 5년 전인 여덟 살 때 이미 숙부인 제갈현(諸葛玄)을 따라 예장(豫章)으로 떠난 것이다. 제갈현은 형주자사 유표의 친한 벗이자 사세삼공(四世三公)인 원술(袁術)의 총신으로 현재 예장태수를 역임 중이었다.

도응의 현재 명망과 지위로 제갈량을 빼오는 건 불가능한 일이었다.

도응을 더욱 실망하게 만든 건 방문을 붙인 지 근 한 달이 다 돼 가는데도 유명한 맹장이나 책사는 코빼기도 보이지 않고, 제대로 된 인재 하나 찾아오지 않았다는 점이다.

의탁하러 오는 자는 정사에 정통한 자신도 들어본 적이 없는 인물들뿐이었고, 그나마 입만 열면 도덕 문장이나 번지르르하게 늘어놓을 뿐 군사나 민생에는 속수무책인 자들이었다.

역시 이 세상도 만만치 않았다.

*　　　*　　　*

홍평 원년 4월, 군자군 창설 한 달째를 맞는 날 도응은 그토록 바라던 전마를 마침내 완전히 손에 넣었다.

수량은 총 912필로 그중 7백 필 이상은 도응이 원했던 몽고 암말이었고, 나머지는 다른 마종이긴 했지만 그래도 대부분은 암말이었다.

외관상으로 봤을 때, 도응이 좋아하는 몽고마는 몸집이 나귀와 다를 바 없어서 조굉이 숫자를 맞추려고 보내온 일부 대완마(大宛馬)와 비교하면 훨씬 더 작고 허약해 보였다.

그래서 도응 외에 모든 군자군 병사들의 시선은 체격이 크고 강건한 대완마와 서역 말에 집중돼 그 말을 배정받길 원했다.

도기는 아예 조수라는 신분을 앞세워 가장 강건해 보이는 말을 골라놓고 자신이 꼭 타겠다고 요구했다.

도응은 아무 대꾸도 않은 채 도기에게 몽고마와 대완마를 끌고 오게 한 후 군자군 병사들을 향해 말했다.

"제군들, 그동안 둥근 나무를 타느라 수고가 많았다. 전마가 손에 들어왔으니 오늘부터 당장 기술 훈련에 들어간다!"

군자군 병사들은 일제히 환호성을 외쳤고, 흥분한 일부 병사는 무기와 기치까지 높이 들었다. 도응은 흐뭇한 미소를 짓고 병사들을 진정시킨 후 말을 이었다.

"제군들에게 두 가지 중요한 사실을 말하고자 한다. 첫째, 곧 배정받을 전마는 절대 단순한 탈것이 아니다. 그것은 먼 길을 함께할 동료이자 적진으로 함께 돌격할 전우요, 너희들과 생사를 같이할 형제다! 따라서 형제와 수족을 대하듯 전마를 다루고 돌봐야 할 것이다. 승리하든 패하든 그것들은 영원히 너희와 함께할 것이다! 알겠느냐?"

"명심하겠습니다!"

한 달간 엄격한 훈련을 받은 군자군 병사들이 한목소리로 절도 있게 외쳤다.

"다음으로 두 번째가 중요하다. 어떤 전마가 좋은 말인지, 또 이 좋은 말을 어떻게 활용해야 하는지 꼭 기억하길 바란다. 연빈(年斌), 앞으로!"

"존명!"

훈련 중에 두각을 나타내 군자군 백인장(百人將)에 임명된 연빈이 성큼성큼 앞으로 나와 도응에게 공수했다.

도응이 대완마와 몽고마를 가리키며 물었다.

"그래, 두 말 중 어떤 말이 좋아 보이느냐?"

연빈은 조금도 주저하지 않고 몸집이 강건한 대완마를 가리켰다.

"이 말이 더 좋아 보입니다!"

도응은 가타부타 말이 없이 이번에는 도기에게 물었다.

"도기는 어떠하냐?"

"당연히 이 대완마가 좋아 보이죠. 이 말을 제가 타도 되겠습니까?"

"네가 좋다면 상관없다. 하지만 내 설명을 들은 뒤에는 그 선택을 분명 후회하게 될 것이다."

"그게 무슨 말씀이신가요?"

도응은 아무 대꾸도 하지 않고 군자군을 향해 외쳤다.

"제군들도 외관에 혹해 도기나 연빈처럼 대완마가 좋은 말이고, 이 왜소한 북흉노 전마가 열등한 말이라고 생각한다면 큰 오산이다. 이 북흉노 전마야말로 진정한 최고의 말이며, 대완마는 이에 미치지 못한다!"

"네?"

군자군 병사들은 의아하다는 듯 탄성을 지르며 웅성거리기 시작했다.

"다들 내 말이 이상하게 들릴 것이다. 너희들과 반대로 내가 왜 이 왜소한 북흉노 전마를 좋은 말이라고 여길까?"

도응은 대완마 쪽으로 걸어가 말 목을 두드리며 말했다.

"이제 그 이유를 설명하겠다. 맞다, 대완마는 몸집이 크고 다리도 길게 잘 빠졌다. 하지만 이 말은 북흉노 말에 미치지 못하는 점이 세 가지가 있다. 첫째, 여물에 대한 적응력이 흉노마만 못하다. 대완마가 빨리 달리는 건 분명하지만 날마다 값비싸고 좋은 콩깻묵을 먹여야 체력을 유지할 수 있다. 생각해봐라. 살벌한 전쟁터에서 사람도 제대로 먹을 것이 없는데 어디에서 그런 여물을 구한단 말이냐? 멀리 갈 것 없이 이번에 조적 놈이 서주를 침공했을 때 백성들조차 배불리 먹기 어려운 상황에서 전마에게 그런 좋은 여물을 먹이는 것이 가당키나 하단 말이냐?"

잠깐 병사들을 둘러본 도응이 말을 이었다.

"하지만 흉노마는 다르다. 제군들은 북흉노 고원에 가보지 않아서 모르겠지만 그곳은 1년 중 4~5개월은 눈으로 덮여 있고 여름이 매우 짧다. 당연히 먹을 것도 적어서 불쌍한 흉노말은 생존을 위해 나면서부터 극강의 적응력을 지녔다. 그들은 아무리 영양가 없는 풀을 먹어도 체력이 보충 가능하고, 심지어 말굽으로 쌓인 눈을 파내 말라비틀어진 잡초를 먹고도 살아남는다. 이것이 바로 우리가 탈 전마다. 어딜 가도 전마의 여물 때문에 걱정할 필요가 없어 전량 보급의 부담을 크게 덜 수 있다!"

도기는 도응의 설명에 고개를 끄덕인 후 궁금한 마음에 재빨리 물었다.

"형님, 흉노마의 다른 두 가지 장점은 무엇입니까?"

"흉노마의 두 번째 장점은 환경에 대한 적응력이다. 대완마가 아무리 빨리 달린다지만 평지에서나 그 위력을 발휘할 수 있다. 구불구불한 산길이나 눈길, 하천, 숲이 울창한 습지를 만나면 대완마는 속수무책이다. 그때 가서 너희들은 대완마를 타고 행군하기 어려워 어쩔 수 없이 말을 끌고 걸어가야 한다.

그놈들 비위를 맞추는 것이 꼭 조상을 모시는 것과 같을 것이다!"

여기저기서 웃음이 터져 나오자 도응이 잠시 말을 끊고 왜소한 몽고마를 끌고 와 말등을 어루만지며 말을 이었다.

"하지만 흉노마는 다르다. 그들이 생존하는 환경은 서주보다 훨씬 궁벽하고 열악하다. 여름에는 달걀이 저절로 익고 겨울에는 귀가 얼 정도로 추우며, 도처가 산림 아니면 사막에, 하천과 호수, 현애 절벽이 널려 있다. 하지만 몽고마는 강한 생존력으로 몇 날 며칠을 먹고 마시지 않아도 살아남으며 산을 넘고 물을 건너 행군해도 끄떡없다. 눈 덮인 설산을 거침없이 오르고 뼛속을 에는 차가운 하천을 두려워하지 않으며 고산준령도 거뜬히 넘는 인내력을 지닌 훌륭한 말이다!"

"정말입니까?"

도기와 병사들은 모두 반신반의하는 표정을 지었다.

"물론 진짜다. 그렇지 않다면 내가 어찌 강건한 서역 말을 놔두고 왜소한 흉노마를 택했겠느냐? 세 번째로는 흉노마의 가장 큰 장점인 지구력이다! 대완마가 아무리 빠르다 해도 전력으로 달릴 수 있는 거리는 20~30리에 불과하다. 50~60리 정도 달리면 반드시 휴식을 취하고 여물을 먹어야 한다. 그렇지 않으면 몸에 힘이 빠져 속도가 눈에 띄게 느려진다. 이런 대완마를 타고 하루 꼬박, 심지어 몇 날 며칠을 달린다면 목구멍의 때를 벗길 수 있으니 너희들에게는 좋은 일일지도 모르겠구나!"

도응은 도기와 병사들을 둘러보았다.

"흉노마는 전혀 다르다. 흉노마의 다리는 대완마보다 훨씬 짧다. 긴 막대기와 짧은 막대기 중 어느 것이 더 잘 부러지느냐? 또 흉노마의 관절은 굵고 튼튼하다. 그래서 흉노마는 하루에 수백 리를 행군하고, 며칠 밤낮을 쉴 새 없이 달려도 쉽게 힘이 빠지거나 말이 상하지 않는다! 믿지 못하겠다면 지금 당장 대완마와 흉노마 간에 시합을 붙일 수도 있다. 30리 이내에서는 확실히 대완마가 흉노마보다 빠르다. 그러나 50리를 넘어가면 대완마는 흉노마 뒤를 따르며 먼지나 먹어야 하고, 다시 백 리를 더 달리면 대완마는 입에 거품을 물고 바닥에 쓰러져 멀어져 가는 흉노마의 뒷모습만 바라보게 될 것이다."

군자군 병사들은 서로 얼굴만 쳐다보며 도응의 말을 반신반의했다. 하지만 누구도 감히 정면으로 반박하지는 못했다. 이때 앞쪽에 나와 있던 연빈이 주저하다가 공수하고 말했다.

"공자님, 말장이 한 가지만 물어도 되겠습니까?"

"얼마든지 물어 보아라."

"말장은 전에 농사만 지었지 전쟁에 나가본 적이 없습니다. 하지만 공자님에게 배속되기 전에 조표 장군 밑에서 들은 바가 있습니다. 기병이 말을 안정되게 타려면 두 손으로 고삐를 꽉 쥐고, 두 발로 말 배를 최대한 죄어야 한다고요. 그렇다면 이 흉노마가 며칠 밤낮을 달릴 수 있다 해도 기병이 그 긴 시간을 견디기 어렵지 않을까요?"

도응은 고개를 끄덕이고 웃으며 말했다.

"좋은 질문이다. 연 장군이 이런 생각까지 하다니, 정말 기특하구나. 맞다. 흉노마의 지구력이 아무리 좋아도 기병이 이를 받쳐 주지 못하면 흉노 말의 장점을 발휘할 수 없다. 헛수고나 다름없다. 하지만 이 문제는 이미 해결되었다."

도응은 웃음을 지으며 도기를 바라봤다. 도기 역시 만면에 희색을 띠고 미소 짓고 있었다.

"그럼 아우가 말해주게나."

도기는 고개를 끄덕이고 병사들에게 큰소리로 말했다.

"제군들, 형님의 말이 맞다. 조금 있으면 너희들이 말 위에 올라타도 전혀 힘들지 않다는 사실을 알게 될 것이다. 며칠 밤낮을 달리는 것쯤은 거뜬할 것이다!"

도응이 도기의 말을 이어받았다.

"한 가지 더 말할 것이 있다. 흉노 말에게는 아무도 모르는 또 한 가지 장점이 있다. 흉노 암말은 결정적인 순간에 우리의 양초 문제를 해결해 줄 것이다. 즉 우리가 먹을 것 하나 없는 곳에 있어도 굶어죽지 않는다는 말이다!"

도기가 고개를 갸웃하며 물었다.

"그게 무슨 말입니까? 혹시 잡아먹겠다는 말을 하시는 겁니까?"

"헛소리 마라. 전마는 우리의 형제인데 어찌 잡아먹을 수 있단 말이냐? 이는 나중에 차차 설명할 날이 있을 것이다. 그럼 지금 너희에게 다시 묻겠다. 대완마를 원하느냐 아니면 흉노마를 원하느냐?"

"흉노마를 원합니다!"

대부분의 병사들은 도응의 말에 홀려 멍하니 있다가 일제히 목청을 높였다. 그러나 일부 군자군 병사는 여전히 의구심을 가졌다.

'이공자가 지금 우릴 홀린 것 아냐? 나귀나 다름없어 보이는 이 흉노마가 정말 그리 좋은 거야?'

"좋다, 이만 해산한다. 전마는 먼저 번호를 매긴 다음 제비를 뽑아 나눠주겠다. 자신이 뽑은 그 말이 바로 내 말이다. 나를 포함해 누구도 마음대로 말을 고를 권리는 없다."

군자군 병사들이 일제히 대답하고 흩어졌지만 도기는 할 말이 남았는지 도응 곁으로 다가와 헤헤 웃으며 물었다.

"아우가 한 가지 더 묻고 싶은 게 있습니다."

도기가 묻기도 전에 도응이 빙그레 미소 지으며 대답했다.

"단거리에서는 흉노마가 서역 말이나 대완마만 못한데, 전장에서 정면대결을 펼치면 어찌해야 하는지 묻고 싶은 것이 아니냐?"

도기는 깜짝 놀라며 고개를 힘껏 끄덕였다.

"형님의 눈은 속이려야 속일 수가 없습니다요. 아우가 묻고 싶은 게 바로 그겁니다. 선봉이 서로 대치하는 짧은 거리에서 서역 말이 일단 돌격하면 흉노마가 불리할 것 아닙니까? 그 상황에서 지구력의 우위를 발휘할 수는 없을 테니까요."

도응이 웃으며 말했다.

"네가 장족의 발전을 이뤘구나. 만날 불평만 늘어놓을 줄 알더니 이런 질문도 하고 말이다. 하지만 이는 별문제가 되지 않는다. 이 형이 아는 절세의 군사 천재가 창안해 낸 전술을 이용하면 흉노마의 모든 단점을 메울 수 있을 뿐 아니라 흉노마의 모든 장점까지 발휘할 수 있다. 많이도 필요 없다. 그중 단지 절반만 완벽하게 익혀도 천하무적의 군대를 만들 수 있다."

도기는 호기심이 절로 일어 눈이 동그래졌다.

"절세의 군사 천재가 누굽니까? 또 그가 창안한 전술은 무엇이고요?"

"하하, 먼저 전마를 나눠준 후 천천히 설명해도 늦지 않다. 그때가 되면 네가 경험한 조표 장군의 기병 전술이 얼마나 유치한지 깨닫게 될 것이다."

도기가 반신반의하며 전마를 분배하러 자리를 뜨자 도응은 고개를 들어 쪽빛 하늘을 바라보았다. 그는 칭기즈칸이 창설한 철기군을 떠올리며 회심의 미소를 지었다.

전마와 장비가 갖춰지면서 본격적인 기마술 훈련이 시작됐다. 동시에 군자군 영지의 이전 문제도 신속히 진행되었다. 도응으로서는 자신의 선진 장비와 선진 전술이 그대로 드러나 소패에 있는 유비에게 새어 들어가길 원치 않았다.

기병 훈련에는 광활한 공간이 필요하다는 이유를 들어 도겸에게 군자군이 다른 곳에 주둔할 수 있도록 허해 달라고 요청했다.

처음에 도응은 애초 염두에 두었던 하비를 주둔지로 거론했다. 그러나 예상대로 도겸은 현재 서주에서 가장 부유하고 번화한 하비로 주둔지를 옮기는 데 대해서는 단호히 반대했다.

이에 도응은 어쩔 수 없다는 듯 차선책인 오현에 주둔하겠다고 청했고, 도겸도 하비만 아니라면 어디든 좋다며 흔쾌히 수락했다.

이때 도겸은 군자군이 오현에 주둔하는 김에 그쪽 정무도 함께 맡아 처리하라고 일렀다.

도겸은 이 기회를 통해 아들의 군사적 재능 외에 정치적 재능까지 살펴볼 요량이었다.

도응은 그 뜻을 알아차리고 명을 받든 후 즉시 군자군 영지 이전 업무에 들어갔다.

영지 이전 날짜는 4월 초엿새로 정해졌다. 4월 초닷샛날 도응은 군자군 이전 문제를 거의 마무리 짓고 날이 어두워질 때쯤 군자군 영지를 나왔다.

이어 도응은 도겸과 도상에게 작별 인사를 고하려 친병 십여 명을 데리고 서주성 안으로 들어갔다.

그런데 이때 친병 중 하나인 이명(李銘)이 곁으로 다가와 낮은 목소리로 속삭였다.

"누군가 우리 뒤를 밟고 있는 것 같습니다. 행동이 수상쩍어 계속 곁눈질로 지켜봤는데 벌써 2리나 우릴 따라오고 있습니다. 아무래도 세작이 아닐까 의심됩니다."

'제기랄, 아주 끝이 없구나!'

그놈들의 감시를 피해 오현으로 쫓겨나다시피 떠나는 와중까지 사람을 붙인단 말인가? 오현으로 옮겨가서도 그놈들에게 계속 감시를 당할 것 같다는 기분이 들자 도응은 속이 부글부글 끓었다.

도응이 슬쩍 고개를 돌려 보니 저 멀리 어스름한 야색 가운데 과연 누군가 몰래 뒤를 따라오는 모습이 보였다. 날이 어두워져 누군지는 전혀 분간이 가지 않았지만 미심쩍은 행동으로 보아 절대 좋은 마음을 품은 놈은 아니었다. 이에 도응은 일부러 목청을 높여 이명에게 명했다.

“깜빡하고 공문을 놓고 왔구나. 내 침소 서안(書案)에 있을 것이니 부하 몇을 데리고 가서 가져오너라.”

그런 다음 이명에게 귓속말로 슬쩍 명했다.

“공문을 가지러 가는 척하다가 그놈을 잡아들여라. 절대 죽여서는 안 된다.”

이명은 즉시 단양병 넷을 데리고 공문을 가지러 가는 척하며 군자군 영지로 향했다.

그 세작은 멀리서 도응의 명령을 듣고 아무 의심도 하지 않은 채 자기 앞을 지나가는 병사들에게 길을 비켜주었다. 그런데 이때 단양병 하나가 몰래 허리에 찬 칼을 뽑아들고 세작의 옆을 지나갈 때 갑자기 칼자루로 세작의 뒤통수를 세게 가격했다.

그 세작은 외마디 비명도 지르지 못하고 그 자리에서 바닥으로 고꾸라졌다. 나머지 병사들은 말 머리를 돌리고 말에서 내려 정신을 잃은 세작을 밧줄로 꽁꽁 묶어 말 위로 던진 후 도응에게 바쳤다.

도응은 일처리가 깔끔한 단양병을 크게 칭찬한 후 신신당부했다.

“저놈을 마대에 담아 군자군 영지로 압송해라. 내가 직접 심문하겠다. 그리고 절대 누구에게도 이 사실을 알려서는 안 된다."

이렇게 말하고 도응은 말을 몰아 성안으로 들어갔다.

도응은 성에 들어가 도겸과 도상에게 작별 인사를 고했다. 삼부자는 아쉬운 마음에 한참 동안 석별의 정을 나눈 뒤, 도겸은 도상에게 일찍 들어가 쉬라고 명한 후 도응과 단 둘이 남자 단도직입적으로 도응에게 물었다.

"응아, 네가 오현으로 옮겨간다기에 아비가 반대하진 않았다만 쥐새끼 같은 그놈들 때문이라면 너무 약한 모습을 보이는 것 아니냐?"

"오해이십니다. 소자가 그 두 놈을 피해 오현으로 가는 건 작은 이유일 뿐입니다. 기병 훈련에는 광활한 공간이 필요한데다 오현 일대가 지형이 복잡해 산림, 하천, 평원, 구릉 등 갖춰지지 않은 것이 없습니다. 게다가 땅이 넓고 인구가 적어 기병을 훈련하는 데 이상적인 지역입니다. 땅은 좁은데 인구만 많은 서주성보다 열 배는 낫습니다."

"그럼 왜 먼저 하비를 거론한 것이냐? 또 아비가 비록 문관 출신이지만 기병 훈련이라야 마술 몇 가지가 다라고 알고 있는데 무슨 비밀을 지킨단 말이냐? 네 비록 총명하다만 아직 전투 경험이 없으니 이곳에 남아 조표와 조굉의 도움을 받는 것이 더 낫지 않겠느냐?"

"소자가 먼저 하비를 꺼내지 않고 직접 오현으로 옮기겠다고 했다면 백관들은, 특히 그놈들은 제가 무슨 꿍꿍이를 가지고 있지 않나 의심했을 것입니다. 그래서 하비를 먼저 거론했던 것입니다. 조적의 난 때 하비는 전란을 겪지 않아 다른 성보다 물자가 훨씬 풍부하고 부유합니다. 저처럼 유의유식(遊衣遊食)하는 부잣집 자제라면 하비에 살고 싶은 건 당연한 이치입니다."

도겸은 아들을 뚫어져라 바라보며 주름진 얼굴에 기쁜 신색을 드러냈다.

"고얀 놈이 이 아비까지 속이다니. 차라리 편히 살라고 하비로 보낼 걸 그랬구나, 하하!"

도응은 급히 머리를 조아리며 죄를 청했다.

"소자, 죽을죄를 지었습니다. 하나 지금 서주 군대의 원기가 크게 상해 신중에 신중을 기하다 보니 그리된 것입니다. 또한 소자에게 서주에 머물며 전쟁 경험이 풍부한 조표, 조굉 양원 대장의 도움을 받으라고 말씀하시나 두 장군의 전술과 통병지법은 이미 시대에 뒤떨어졌습니다. 그래서 소자의 훈련을 도울 수 없을뿐더러 오히려 방해만 될 뿐입니다."

"뭐? 시대에 뒤떨어졌다고?"

도겸은 자신이 가장 의지하는 두 심복을 아들이 무시하자 조금은 불만 섞인 소리로 타일렀다.

"얘야, 자신감을 갖는 건 좋은 일이다만 자신의 힘을 모르고 남을 멸시하는 것은 오만이니라."

"소자의 입에서 실언이 나왔습니다. 용서해 주십시오. 하지만 잠시만 소자를 믿어 주십시오. 반년 안에 부친께 꼭 백전불패의 무적 기병을 만들어 보이겠습니다."

모든 일은 눈으로 봐야 믿을 수 있는 법. 동한 말년의 난세에 산전수전 다 겪은 도겸으로서는 아들의 말을 쉬이 믿지 못했다.

그래도 좋았다. 근래 도응이 보여준 행동은 전에 알던 그 못난 아들이 아니었으니까.

남아라면 이정도 자신감과 포부를 가져야 했다. 특히 이런 난세에는 말이다. 이에 도겸은 아무런 토도 달지 않고 고개를 끄덕이며 말했다.

"좋다, 이번에 아비가 한 번 믿어보마. 오현에 가면 지금 이 아비와 한 약속은 꼭 지키도록 해라."

*　　　　*　　　　*

도응은 도겸과 이런저런 대화를 나누다가 거의 이경이 다 돼서야 성을 나와 군자군 영지로 돌아왔다.

군대 이전 문제로 피로에 지친 도응은 문득 잡아들인 세작이 떠올랐지만 너무 피곤한 관계로 밤새 또 심문을 하고 싶지는 않았다.

이에 친병 몇 명을 거느리고 침소로 가 벽에 밧줄로 묶여 있는 세작을 가리키며 부하들에게 명령했다.

"오늘은 너무 피곤하구나. 일단 저놈의 옷을 모두 벗겨 군영 밖 말뚝에 묶어놓고 밤새 모기밥을 만든 다음 내일 다시 얘기하자."

이명 등 친병이 도응의 명을 받고 세작에게 다가가자 입에 재갈이 물린 세작은 도응의 말에 혼비백산해 입으로 웅웅거리며 필사적으로 도응의 주의를 끌고자 했다.

"뭐라고 떠드는 것이냐? 조용히 하지 않으면 황하에 던져 물고기밥으로 만들어 버릴 테다."

도응이 짜증을 내며 한마디 꾸짖고서 그 세작에게 고개를 돌린 순간, 도응은 놀라 눈이 동그래지며 급히 주위에 명했다.

"멈춰라, 너희들은 그만 나가보아라!"

도응의 뒤를 수상쩍게 밟던 자는 알고 보니 다른 사람이 아니라 바로 군자군 최초의 탈영병 임청이었다!

사실 도응의 훈련은 꽤 고된 편이었다. 때문에 군자군 탈영병 숫자는 이미 스무 명을 넘었다. 다만 이들은 임청만큼 운이 좋지 못해 대부분 사로잡혔다.

그중 둘은 사안이 중해 목이 달아났고, 나머지는 강제노역에 동원돼 피똥을 싸고 있었다.

영문을 몰라 어리둥절해하던 친병들이 쫓기듯 나가자, 도웅은 양팔이 뒤로 묶인 임청을 친히 부축해 자신의 침상에 앉히고 입에 물린 재갈을 풀어주었다.

임청은 그동안 참았던 분노를 속사포처럼 쏟아냈다.

"감히 사람을 시켜 날 때려 기절시키고 마대에 넣어 여기에 잡아 가두더니, 뭐? 이제는 아예 내 옷을 벗… 모기밥을 만들겠다고!"

"그건 오해요. 날 계속 미행했잖소? 감시하는 줄 알았단 말이오. 그래서 사람을 보내 잡아들인 것이오."

"퉤! 그대를 미행하면 다 세작이란 말인가? 왜 거리에 있는 사람을 다 잡아들이시지?"

도웅은 쓴웃음을 지으며 말했다.

"날 너무 탓하지 마시오. 날마다 세작이 내 주위를 어슬렁거리는 통에 온통 다 미심쩍어 보인단 말이오. 그리고 참, 임형은 탈영병 신분이라 잡아들이는 게 당연하지 않소?"

이 말에 임청은 멍해지며 자신이 수배 중인 탈영병이란 사실을 퍼뜩 깨달았다. 도웅은 임청이 시무룩해하는 표정을 즐겁게 바라보다가 임청의 얼굴에 바짝 다가가 미소를 짓고 말했다.

"모로 쳐도 바로 맞는다더니, 세작은 비록 잡지 못했지만 탈영병은 잡았으니 오늘 헛수고한 셈은 아니구려."

"지… 지금 무슨 짓을 하려는 것이냐?"

도응이 바짝 다가오자 임청은 저도 모르게 몸을 움츠리며 도응과 멀찍이 떨어졌다.

"임형이 도망친 다음 날 나는 군자군 앞에서 그대를 벌하겠다고 선언했소. 그대를 잡아들여 곤장 백 대를 때리겠다고 말이오. 군령은 태산과 같으니 내일 당장 군법을 시행할 생각이오."

이 말에 임청은 몸을 부들부들 떨었다.

"네가 감히! 내 아버지가 누군 줄 아느냐? 날 때렸다간 널 절대 가만 놔두지 않을 것이다!"

"그대의 아비가 누구요?"

사실 도응도 이 점이 가장 궁금했다. 그래서 일부러 임청을 자극하는 말을 던졌다.

"믿지 못하겠소. 내 부친 외에 날 건드릴 자가 서주성 안에 과연 누가 있단 말이오?"

"내 아버지는……."

흥분한 임청은 말을 꺼내려다가 즉시 거두어들였다.

"가르쳐 주기 싫다."

"그럼 하는 수 없구려. 군법을 시행하는 수밖에."

그러더니 도응은 얼굴에 미소를 짓고 손을 뻗어 임청의 얼굴을 만지려고 했다.

"뭐하는 짓이냐? 난 남자다. 누굴 용양군(龍陽君)으로 아는 것이냐?"

도응은 아예 얼굴을 들이밀고 말했다.

"탈영병 임청에게는 두 가지 선택이 있다. 하나는 군법에 따라 전군 앞에서 곤장 백 대를 맞는 것이다. 그리고 다른 하나는, 내 친히 군법을 시행해 내 몽둥이로 백 대를 때리고 그대를 놓아주는 것이다."

"네 몽둥이라고?"

임청은 잠깐 멍한 표정을 짓더니 이내 온 얼굴이 빨개지며 크게 소리를 질렀다.

"음탕한 놈아, 썩 꺼져라! 남자한테 못 하는 짓이 없구나!"

"그대가 틀림없는 남자라면 당장 옷을 벗어 확인시켜 주시오."

"그, 그게 무슨 말이냐?"

임청은 멍하니 있다가 한참만에야 도응의 웃음 속에서 그 말뜻을 알아챘다.

"내가 여자란 걸 진즉부터 알고 있었던 것이냐?"

"날 탓하지 말고 어설픈 그대의 변장술을 탓하시오. 종일

쌈박질이나 생각하는 도기는 속일 수 있을지 몰라도 난 아니오. 몇 번 보고는 바로 알아봤소이다."

임청은 그 자리에서 한숨을 푹 내쉬고 고개를 떨어뜨렸다. 한참만에야 고개를 든 임청은 자리에서 일어나 가냘픈 다리로 도응을 힘껏 차며 얼굴을 붉히고 소리쳤다.

"음탕한 놈, 어쩐지 날 친병으로 뽑고 음식기거의 수발을 들게 하더니 다 이유가 있었던 것이구나! 이 후안무치한 위군자(僞君子) 놈아!"

도응은 임청의 발길질을 슬쩍 피하며 대답했다.

"난 위군자가 아니라 진정한 군자요. 〈시경(詩經)〉에 '요조숙녀는 군자의 좋은 배필'이라 하지 않았소. 내가 진정한 군자이니 이렇게 아리따운 미녀가 내 곁에 있는 것 아니… 아얏!"

임청은 도응이 방심한 틈을 타 정강이를 걷어찼다. 그러고는 밧줄을 풀려고 노력했지만 얼마나 단단히 묶었는지 팔을 움직이기도 쉽지 않았다. 임청은 증오의 눈빛으로 도응을 째려보며 소리쳤다.

"빨리 이 밧줄이나 풀어라! 양갓집 규수를 멋대로 잡아놓을 생각이냐?"

"나는 도망병을 잡았을 뿐이오. 그대는 여전히 관부에서 수배 중인 군자군 탈영병이란 사실을 잊지 마시오."

임청은 다시 얼굴이 붉어지며 말했다.

"여인은 사병이 될 수 없으니 나는 탈영병이 아니다."

"누가 여인은 사병이 아니라 하오? 〈상군서(商君書)〉에 분명 '삼군이란 건장한 남자가 일군이오, 부녀자가 일군이며, 노약자가 일군'이라 했소. 앞서 조적이 서주를 공격할 때 일부 부녀자들도 전투에 참여했소. 그대가 비록 여자라 해도 군자군에 이름을 기재했으니 당연히 탈영병이 맞지 않소?"

"그건……."

임청은 도웅의 반박에 할 말이 없어 동그란 눈만 크게 뜨고 있다가 억지로 변명했다.

"내가 군자군에 이름을 올린 건 맞지만 성명과 관적, 거주지는 모두 가짜다. 나는 임청도 아니고, 석고가(石鼓街)에 살지도 않는다. 따라서 네가 말하는 탈영병은 서주 석고가에 사는 임청이지 내가 아니다."

"음, 남의 이름을 사칭해 종군하고 가짜 관적을 적은 것 역시 중죄요. 좋소, 그럼 내 기회를 한 번 주리다. 그대의 진짜 이름과 사는 곳, 또 그대 부친이 무슨 관직을 맡고 있는지 말하면 놓아주겠소."

임청은 뚫어져라 자신을 바라보는 도웅의 눈빛을 최대한 피했다.

"내 진짜 이름은 알아서 무엇 하려느냐? 그리고 내가 관료의 딸인 걸 어떻게 알았지?"

"아주 간단하오. 그대의 옷차림을 보고 바로 알았소. 우리가 처음 만났을 때를 기억하시오? 그때 그대가 입었던 솜두루마기와 비단 장삼, 또 금과 진주를 박아 넣은 보검을 어찌 일반 백성이 구할 수가 있겠소?"

임청은 동그란 눈을 크게 뜨고 뭐라고 한참 중얼거린 뒤 표독스럽게 도웅에게 물었다.

"그럼 내 이름과 가문을 묻는 이유가 무엇이냐?"

이 말에 도웅은 회심의 미소를 지으며 의기양양해 대답했다.

"그걸 알아야… 매파를 보내 혼담을 꺼낼 수 있지 않소?"

이 말에 임청의 얼굴은 더욱 붉어지며 도웅을 향해 연신 발길질을 해댔다.

"헛소리 마라! 누가 너에게 시집을 간다고 했느냐? 흥, 너 같은 백면서생에게 이 몸이 어울린다고 생각하느냐?"

"왜 어울리지 않소? 내 비록 재주 없으나 어쨌든 서주자사의 차자에 점군사마를 맡고 있으며, 외모가 당당하고 전도가 양양하오. 또 그대는 관료 집안 출신에 용모가 빼어난 묘령의 낭자로 서주 제이의 미인에 조금도 부끄럽지 않소. 서주의 이공자와 서주 제이의 미녀라면 어찌 하늘이 점지해 준 배필이 아니겠소?"

임청은 어이가 없다는 듯 혀를 차며 도응을 노려보다가 '제이의 미녀' 라는 말에 은근히 부아가 치밀었다.

"그럼 서주의 제일 미녀는 누구냐?"

"당연히……."

도응은 본래 '미정' 이라고 대답하려다가 생각을 바꿔 웃음을 띠고 물었다.

"임 낭자, 그대는 관료의 딸이니 성중의 명문가 규수들과 교류가 있었을 것이오. 그래서 말인데, 조표 장군의 여식인 조령 소저는 본 일이 있소?"

그 말에 임청은 당황한 표정이 역력했다. 그녀는 도응을 뚫어져라 쳐다보다가 어렵사리 말을 꺼냈다.

"본 적은 있는데… 그 얘긴 왜 꺼낸 거지?"

도응은 평생 떠올리고 싶지 않은 그 얼굴을 생각하며 일부러 농을 걸었다.

"조 소저가 그대보다 좀 더 아름답지 않소? 피부도 더 하얗고, 허리도 더 가늘고, 용모도 더 예쁜 건 같던데… 그래서 그대를 서주 제이의 미녀라고 한 것이오."

임청은 처음에 무슨 말인지 몰라 어리둥절해하다가 비로소 그의 말뜻을 알아채고 불같이 화를 냈다.

그녀는 몸부림을 쳤지만 팔이 묶인 탓에 행동이 자유롭지 못했다.

"네놈이 이제 날 아주 가지고 노는구나! 빨리 이 밧줄이나 풀어라!"

"하하, 농담이오, 농담! 밧줄을 풀어줄 테니 대신 얌전히 있으시오."

도웅이 밧줄을 풀어주자 임청은 그를 있는 힘껏 밀치고 문 밖으로 나가려 했다. 도웅이 급히 그녀를 불렀다.

"임 낭자, 어디 가시오?"

"상관 마라!"

"상관은 않겠소만 삼경이 넘은 이 시간에 성문은 닫혔을 테고, 밖에는 야수와 시랑이 널려 있어서 나가면 위험할 텐데……."

그 말에 임청의 발걸음이 멈췄다. 나가지도 들어오지도 못하며 안절부절못하는 모습을 보고 도웅이 말했다.

"그럼 이렇게 합시다. 내 친병을 붙여 그대의 집까지 안전하게 배웅해 주리다."

임청은 무의식중에 그러마고 대답하려다가 몸을 돌려 도웅을 쏘아보았다.

"흥, 또 수작이냐? 그렇게 해서 내 집을 알아내려고?"

"그럼 방법이 없구려. 내일 날이 밝으면 가는 수밖에. 그럼 그대가 침상에서 자시오. 난 바닥에서 눈을 붙일 테니."

"흥, 누가 네놈과 한 방에서 잠을 잔다더냐?"

"미안하지만 지금 빈 막사가 없소. 여기서 자지 않겠다면 밖에서 모기밥이 돼도 난 모르는 일이오."

사실 군영에는 빈 막사가 많았다. 어제 도기가 3백 군자군을 거느리고 미리 오현으로 출발했기 때문이다. 하지만 도응은 왠지 그녀를 보내고 싶지 않았다.

한참 동안 문 앞에 서서 주저하던 임청은 어쩔 수 없다는 듯 한숨을 푹 내쉬고 침상으로 걸어갔다. 침상으로 올라간 그녀는 목까지 이불을 꼭 쥐고 도응을 경계하는 눈빛으로 바라봤다.

도응은 이 모습을 계속 재밌게 지켜보다가 문득 이렇게 물었다.

"오늘 내 뒤를 밟은 이유가 무엇이오?"

"말하기 싫다."

"말하지 않아도 다 알고 있소. 내가 오현으로 떠난다는 얘길 듣고 한동안 날 못 볼까 걱정돼 찾아온 것 아니오?"

임청은 얼굴이 붉어지며 버럭 화를 냈다.

"헛소리 마라! 누가 네놈이 보고 싶다더냐?"

"그럼 왜 날 따라왔소? 그 이유나 한 번 들어봅시다."

말문이 막힌 임청은 시끄럽다고 말한 후 반대편으로 홱 돌아누웠다.

그런데 껄껄거리며 웃던 도응의 웃음소리가 잦아지고 아무 말도 들리지 않자 임청이 슬쩍 몸을 다시 돌렸다. 돌아보니 도응은 이미 죽은 사람처럼 잠에 빠져들어 있었다.

그 모습을 바라보던 임청은 자기도 모르게 심장이 두근거렸다.

하지만 이내 웬 주책이냐며 자기의 머리를 콩콩 때렸다. 그제야 임청은 아까 병사에게 맞은 뒤통수가 아파오며 아주 긴 하루가 지나갔다는 생각과 함께 스르르 잠이 들었다.

* * *

임청이 깨어났을 때, 해는 이미 동산 꼭대기에 떠올라 있었다.

그녀는 한껏 기지개를 켠 후 도응을 불렀지만 아무 대답도 들려오지 않았다. 이에 고개를 돌려보니 도응은 그림자도 보이지 않았다.

깜짝 놀란 임청은 급히 신발을 신고 침상에서 내려와 문으로 달려갔다.

밖을 보니 군자군 영지는 텅 비어 있었고, 기치와 인마도 모두 사라져 빈 영채만 덩그러니 남아 있었다.

꽤 부산스러웠을 텐데 눈치도 못 채고 잠들었다니… 외간남자의 침상에서 잠들었으면서도 아무 불안 없이 편안하게 잤다는 사실을 떠올리고는 쓴웃음을 지었다.

“간 건가? 칫, 깨우기라도 하지.”

이렇게 혼잣말로 중얼거리는 임청은 자신의 마음도 이 영지처럼 텅 빈 것 같았다.

『전공 삼국지』 2권에 계속…